T0637610

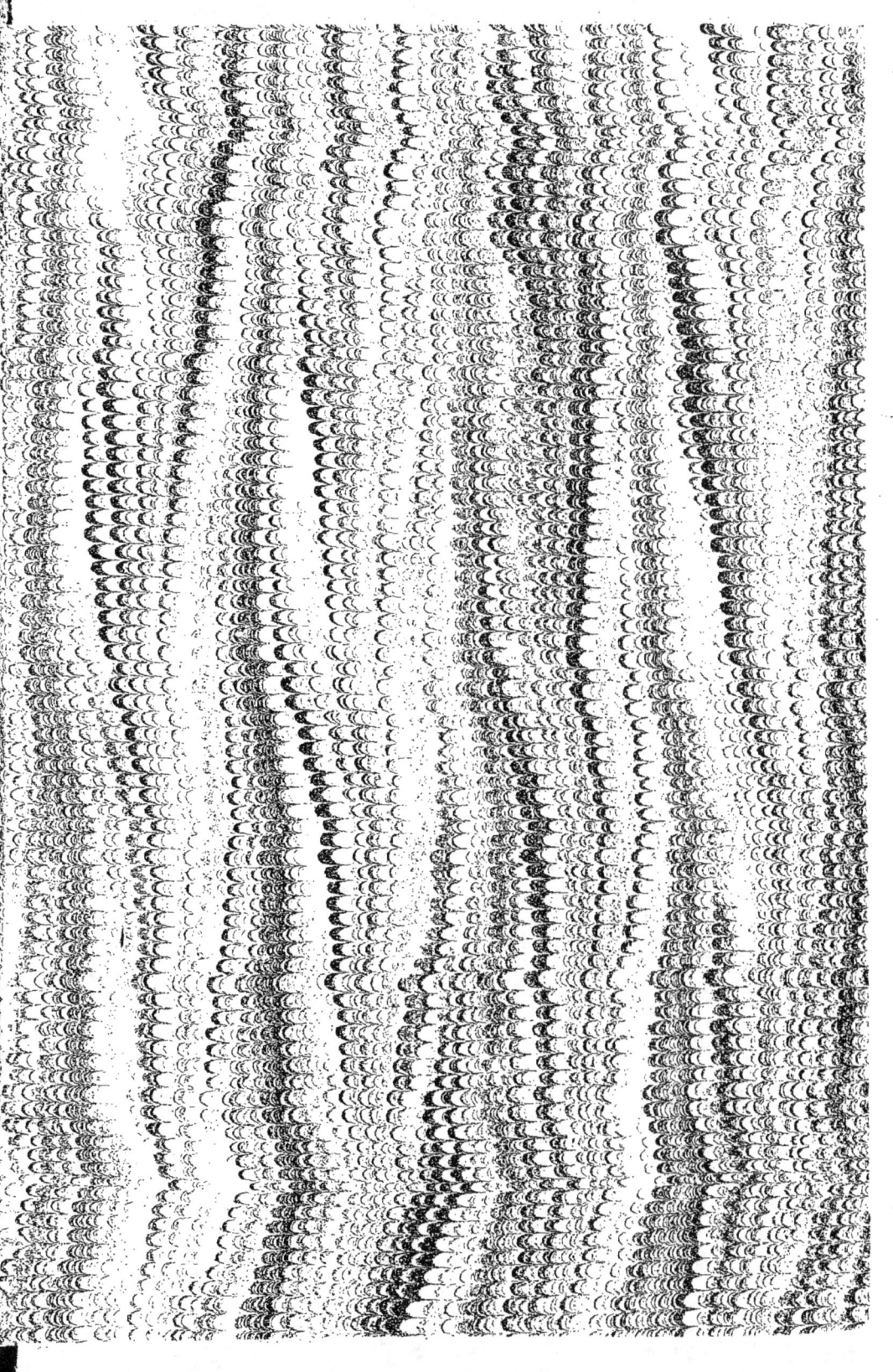

94

1179

LES
ADVANTVRES
DE THYRSIS,
Tragi-Comedie Paſtorale.

A ROVEN,

Chez IACQVES CAILLOÜE', dans
la Court du Palais.

M. DC. XXXIX.

Auec Priuilege du Roy.

ARGVMENT.

D IO MEDE, Berger le plus considerable de la contree d'Arcadie, degousté de sa condition champestre, inquiet du repos du village, & touché d'vn desir ambitieux de rendre à la posterité sa memoire glorieuse, commande à son fils Thyrsis, de quitter le soc & la houlette, pour prendre l'espee & le bouclier, afin que par ses actions heroïques, son nom s'eternisast dans la memoire des hommes. Ce que le Magicien Philandre cognoissant par les secrets de son Art, aymant cherement & de longue main la famille de Diomede, il resolut d'en arrester & dis-

á ij

siper le dessein ; faisant sortir de deux
rochers deux fontaines , dont l'eau de
l'vne faisoit perdre le sens , celle de l'autre le faisoit reuenir. Mais Thyrsisobeys-
sant au commandement de son pere, son
amour pour Syluie n'y peut consentir,
dont cesse Bergere estant aduertie, con-
tinüa en sa resolution , luy donnant as-
seurance d'estre compagne de sa fortune comme de sa personne. Et afin que
son honeur fust à couuert, & son amour
en seureté, elle l'oblige par serment, de
luy promettre, qu'il viura auec elle comme auec sa sœur. Et que la modestie re-
glera ses desirs, iusques à ce qu'vn legitime mariage les accomplisse , ce qu'à genoux Thyrsis luy accordant, le Satyre
Alacrin les surprend en ceste posture, &
les arreste tous deux : mais Syluie s'en
estant desgagee, Thyrsis y resta seul, lequel sous de feintes promesses , ayant
arresté la fureur de ce bouquin , irritee

par la fuite de la Bergere, luy fait croire
que reueſtu de ſes armes il pourroit
reuoir Syluie, & reparer la perte qu'il
auoit faite. Dans ceſte eſperance il
ameine Thyrſis dans ſa cauerne, d'où,
apres l'auoir bien traitté, il ſort reueſtu
des armes de ce noũueau guerrier, à
deſſein de ſurprendre Syluie: mais le deſir de contempler ſa bonne mine, le por-
tant à ietter la veuë dans la fontaine qui
bleſſoit la raiſon, ce regard luy cauſa le
ſommeil: Et Thyrſis le trouuant endor-
my, reprint ſes armes, & auec la maſſuë
de ce bouquin l'eſueilla ſi rudemẽt, qu'il
l'obligea à la fuite, & d'aller continuer
ſon ſommeil ailleurs. Thyrſis ayant re-
couuré ſes armes, auec ſa liberté, mais
non pas ſa Bergere, ſe diſpoſa d'aller à la
guerre & d'expoſer ſa vie aux plus dan-
gereux combats: ſe voyant ſeparé de ſa
chere Syluie; & dans l'excez de ſes regrets, l'ardeur en eſt ſi extréme, qu'e-

ſtant preſſé de la ſoif pour en eſteindre la
violence, il beut, mais dans la fontaine,
qui mettant en deſordre ſa raiſon, luy fit
oublier le deſſein de la guerre ; & changer ſes reſolutions en extrauagances &
en folies ; qui l'ayant fait longuement
roder à l'entour de ces fontaines en-
chantees ; enfin, laſſé du trauail de ſes
courſes, & abbatu par ſes violences, il
s'aſſied heureuſement aupres de la fontaine qui donnoit la raiſon, où beuuant
il y recouure ce qu'il auoit perdu dans
l'autre. Et conſiderant ſon aduanture
auec eſtonnement, le Magicien Philandre le trouuant en ceſte peine mit en repos ſon eſprit comme il auoit fait ſa raiſon, l'ayant informé de tout, & redonné
ſes armes qu'il auoit iettees pendant ſa
folie. Ces Aduantures ſont meſlees de
l'inconſtance du Berger Amyntor pour
la Bergere Doris, & de l'indifference de
Daphnis pour la belle Daphnide. Le

premier aymé cherement de Doris, ne vouloit aymer que Syluie (apres auoir tefmoigné fa legereté & fon inconftance à beaucoup d'autres Bergeres) laquelle dans l'abfence de fon Berger Thyrfis, s'eftoit refoluë à receuoir pluftoft la mort que cét inconftant Berger pour amant; & ny les perfuafions, ny les menaces d'Anthonin fon oncle ne peurent changer fa refolution, ny esbranfler la fermeté de l'amour qu'elle auoit promife à Thyrfis. Et Doris voulant faire voir par vn iufte reffentiment ce que peut le mefpris auec la ialoufie fur l'efprit d'vne femme, feignit vn iour d'eftre bleffee par le defefpoir de fon inconftance, & fuppliant Amyntor de fe baiffer pour luy donner cefte confolation auant que de mourir, laiffant fa vie fur fa bouche, elle luy donna vn coup de poignard dans le fein. A ce bruit le Magicien Philandre eftant accouru, fit em-

porter dans sa grotte Amyntor, où il le
guerit & de la blesseure de son corps que
Doris luy auoit faite, & de celle de l'esprit dont Syluie estoit cause. L'autre
Berger changea son indifference en
amour pour la belle Daphnide : mais
Thyrsis ne pouuant flechir Anthonin
oncle de Syluie à consentir à leur mariage, ny par les prieres de Diomede son
pere, ny par celles d'Amyntor son amy,
& autresfois son riual ; Philandre Magicien fut appellé pour regler leurs dispu-
tes & terminer leurs differents : & comme il auoit esté l'autheur de leurs desor-
dres, il fut aussi celuy de leur repos, en
ordonnant que Thyrsis auroit Syluie,
Amyntor Doris, & Daphnide Daphnis.
Et ces Bergers obeyssans auec plaisir à la
volonté ce Philandre, se retirerent auec
ioye & contentement en leurs hameaux
pour y cueillir le fruict de leurs amours,
& la recompense de leurs trauaux.

✤✤✤✤✤✤✤✤✤✤✤✤✤✤✤✤✤✤✤

AV LECTEVR,
SALVT.

AMI Lecteur, le bon-heur
que i'ay eu à recouurer ces
aduantures, m'a fait naiſtre
le deſir de leur faire voir le jour, &
celuy de te donner le plaiſir de les lire,
ſi tu n'es du nombre de ceux qui n'a-
gréent que leurs ouurages, & n'ap-
prouuent que ce qu'ils font. Si elles
paroiſſent ſous le nòm de l'Incognieu,
c'eſt pour n'auoir peu ſcauoir celuy de
leur Autheur, ce qui t'obligera, comme
je t'en prie, d'excuſer les fautes que tu y
trouueras, puis qu'il n'a peu voir ce
qu'à ſon deſceu je te donne. Adieu.

é

ACTEVRS.

PHILANDRE, Magicien.

THYRSIS,   Berger.

SYLVIE,   Bergere.

AMYNTOR, Berger.

DAPHNIS,   Berger.

DORIS,   Bergere,

DAPHNIDE,   Bergere.

DIOMEDE, Berger pere de Thyrsis.

SERES,   Mere de Thyrsis,

ALACRIN,   Satyre.

ANTHONIN, Oncle de Syluie.

ALMENKOR, Sacrificateur de Pan.

LES ADVANTVRES DE THYRSIS,

Tragi-Comedie Pastorale.

ACTE PREMIER.

SCENE PREMIERE.

PHILANDRE.

TANDIS que le sommeil tient tout dans le silence,
Dans ces sombres forests à pas lents ie m'aduance,
Non, pour venir troubler la demeure des morts,
Faire pâlir la Lune, en magiques efforts,
Mon innocente humeur hait ces noires pensées,
Où se laissent aller les ames insensées.

A

Ie cognois tous les temps, mon sçauoir sans pareil,
Sçait, combien doit durer la clarté du Soleil,
Quand l'esprit des mortels acquiert cét aduantage,
De sçauoir l'aduenir, d'vn asseuré presage,
Les Cieux dont les secrets luy sont tous decouuerts
Tiennent à ces desseins tant de chemins ouuerts,
Qu'vsant de son bon sens, & de son industrie
Il est l'appuy des siens, l'honneur de sa patrie,
L'interprete des Dieux, qui d'vn parler fatal
Aduertit les mortels, & du bien, & du mal :
Moy de ieunesse instruit en ces sainctes escoles,
Les effects me sont moins, qu'aux autres les paroles,
Separé des Bergers, dans ces arides monts
Ma puissance commande à celle des Demons.
Non pour faire gresler les presens de la terre,
Estouffer les enfans, dans les bras de la mere,
Composer des poisons, & nourrir des crapaux,
D'vn esprit infernal ne se plaire qu'aux maux,
Aux troupeaux des Bergers donner la maladie,
D'vn concert des Demons aymer la melodie,
Mais bien pour conseruer dans nos fertiles champs,
L'espoir des Laboureurs dessus le soc penchans,
Faire, que leur trauail bien-heureux les guerdonne
D'vne moisson d'espics, que la terre leur donne,
Que les greniers remplis esbranlent le plancher,
Que les empoisonneurs ne les puissent toucher,
Que leurs ieunes agneaux, ne craignent la rosée,
Qu'ils trouuent à leurs vœux la terre disposée ;

C'est à quoy mon esprit occupe son sçauoir.
Or, comme sçachant tout, & pouuant tout preuoir,
Ie sçay, que des Bergers, le premier du village,
Qui comme le plus vieil, deuroit estre plus sage
Lassé de l'innocence, & du repos des bois,
Destine son enfant à la suitte des Roys.
Moy, qui veux empescher que son dessein succede,
Ie me suis aduisé d'vn excellent remede
Qui paroissant d'abord, estrange, & furieux
Son effect à ma gloire en reüssira mieux.
Ie veux faire sortir de ces roches prochaines
Pour suiure mon dessein, deux liquides fontaines
De ma verge sans plus, ne faisant que toucher,
Vn flot d'eau coulera du sein de ce rocher.
C'est celuy, qui rauit de la raison l'vsage,
Peruertit le bon sens, le conuertit en rage,
A ce prochain rocher il faut faire vn effort,
Pour leur monstrer comment ie dispose du sort.
Ne sens-tu pas ma verge? ouure donc tes entrailles?
Et malgré tes duretez, esclatte tes murailles?
Ce breuuage est plus doux, & n'a point de poison,
Il donne le bon sens, & refait la raison,
Ces ruisseaux desormais, en leurs effects contraires
Causeront aux Bergers des biens tres-necessaires.

A iij

SCENE II.

THYRSIS.

FILLE aiſnée du iour, incomparable Aurore,
Redonne les couleurs aux campagnes de Flore,
Reſuſcite le monde, & vien d'vn doux accueil,
Deſpoüiller l'Vniuers de ſon habit de dueil,
Le Chaſſeur ja debout, en maniant ſes toilles,
Regarde auec deſpit, le Ciel ſemé d'eſtoilles,
Le Meſſager preſſé t'aduertit humblement,
Que la nuiſt a duré deſia trop longuement.
Moy, dont l'eſprit ſouſpire vne iniuſte contrainte,
Le cœur bruſlant d'amour, & tout gelé de crainte,
Ie te prie Deeſſe! ameine la clarté
Qui formant les objets fait viure la beauté.
Le ſilence, & la nuiſt, dedans ma reſuerie,
Font, d'vn excez d'amour, vn tranſport de furie:
Ie ſens de tous coſtez mon cœur percé des dards,
L'objet de mes ennuis me ſuit en toutes parts;
Ceſte rare beauté, qui tient ma fantaiſie,
M'apparoiſt, non d'amour, mais de honte ſaiſie
Comme vne criminelle accablée des fers,
Si bien que ceſte nuiſt ie ſuis dans les enfers;
Les moindres de mes maux ſont pires que des peſtes,
Mon eſprit ne voit plus que viſions funeſtes,
Que fantoſmes volans, que corps courans ſans bruit,
Paſſes objets formez des ombres de la nuit.

Deeſſe! ſi ton ame eſt eſmeuë à mes plaintes,
En diſſipant la nuit tu finiras mes craintes,
Mais non, ne me croy pas, trop toſt viendra le iour,
Puis qu'il me faut quitter l'objet de mon amour.
Le deſſein, que mon pere a fait pour mon martire,
Me fait craindre, l'octroy du bien que ie deſire,
Il veut, que delaiſſant les brebis & les bois,
Ie me tranſporte au camp, du grand Roy des Gaulois.
Ce changement d'eſtat importune ma vie:
Car ie ne verray plus les beaux yeux de Syluie,
Chers ſoleils de mon cœur! roys de ma liberté!
Ie ne verray donc plus voſtre douce clarté!
Ie ne vous verray plus! lumineuſes planettes
Qui conſumez mon cœur en des flames ſi nettes.
Helas! que les deſtins ont des ſeueres loys,
Pour les ſimples Paſteurs, còme pour les grands Roys!
Loing de ces vanitez, le repos du village
Borne tous mes plaiſirs dans ce ſacré bocage,
Sans regret du paſſé, ny ſoing de l'aduenir,
Ie me plais au ſeul bien, que ie puis retenir,
I'adore nos coſtaux, i'idolatre nos plaines,
Et n'ayme que le bruit du courant des fontaines.
Les oyſelets des champs en leurs mignardes voix
Excellent à mon gouſt la muſique des Roys:
Les fleurs dont le Printemps enrichit nos prairies,
Me plaiſent beaucoup plus, que leurs tapiſſeries.
Ces gràds iardins qu'ils font pour diuertir leurs yeux
Imitent de bien loing les beautez de ces lieux,

Vne grotte qu'a fait la main de la nature,
Paſſe tous les efforts de leur architecture,
Et tout cela que l'art peut inuenter de beau,
Eſt de repreſenter nos champs dans vn tableau;
Leurs cabinets ſont peints des prez & des montagnes,
Ils n'ont que les portraits de nos larges campagnes.
Et nous qui iouyſſons de leur fertilité,
En poſſedons le fruict auecques la beauté;
Pourquoy dõc recercher plus d'heur, ou plus de gloire?
Sans doute, pour laiſſer nos noms dedans l'hiſtoire,
Ridicules penſers, monſtres de vanité,
Mortels, mal aſſeurez d'vn moment de ſanté,
De qui le lendemain n'eſt pas en la puiſſance
D'vn orgueil effronté, qui tient de l'inſolence,
Roulans des grands deſſeins en nos eſprits reclus,
Nous cerchõs de l'honneur quand nous ne ſõmes plus.
Enfant, quand ie voyois dedans le cimetiere
Pluſieurs tombeaux formez d'vne riche matiere,
Ie croyois que les corps de ces marbres coûuerts,
Comme ceux du commun n'eſtoient mangez des vers.
Mais mon pere en ces mots, détrompa mon enfance,
Me diſant, c'eſt du Ciel la fatale ordonnance,
Que tout cela qui vit, eſclairé du Soleil,
Se doit reduire en poudre auec vn ſort pareil.
Les brebis & les Roys, dedans la ſepulture
Aux vers eſgalement ſeruènt de nourriture.
Quand nous ſommes venus à ce grand rendez-vous,
La terre ne met plus de difference en nous:

Par ce sage discours il m'apprit à cognoistre
Que ce n'est, qu'vn esclat tout ce qu'on voit paroistre,
Qu'vn faux lustre d'honneur, esbloüissant nos sens:
Mais que le vray repos de ces lieux innocens
Approche de bien pres, de l'heur qu'on deuroit suiure,
Où nos premiers parens, commencerent de viure.
Mon pere à ces pensers, souuent dedans ce bois
A comparé son heur au plus heureux des Roys;
Maintenant ce vieillard, d'vn vain desir de gloire
Veut signaler son nom, par mes faits dans l'histoire,
Ce superbe dessein trouble fort mes esprits,
Preferant aux lauriers, les roses de Cypris.
I'ayme mieux viure vn iour dans les bras de Syluie,
Qu'arracher d'vn Monarque & le Sceptre & la vie:
Ses yeux, mes chers soleils, ont tant de grauité,
Que rien ne me plaist tant, que ma captiuité.
Mais quoy! dans ce dessein, mon pere opiniastre
En vain de mes raisons ie tasche à le combatre,
Il s'obstine tant plus, ressemblant le guerrier
De qui l'on veut des mains, arracher le laurier.
De sorte qu'il me faut, dessous l'obeyssance:
D'vn tel pere quitter, ce sejour d'innocence,
Prendre congé de vous, prez, montagnes, forests,
De mes premiers desirs les confidents, secrets
Lieux sacrez à la nuict, si plaisans, & si sombres
Que iamais le Soleil n'en penetra les ombres,
Dont les arbres moussus nous paroissent si vieux
Qu'on diroit, qu'ils ont veu la ieunesse des Cieux.

Ame de ces forests, qui les tiens en verdure,
Responds moy , si depuis , que ta puissance dure,
Vn Berger, tel que moy , nourry dedans les bois,
S'est veu contraint d'aller à la suite des Roys?
Sans doute que le temps n'en a point de memoire;
Syluie, tes beaux yeux, où repose ma gloire,
Me verront le premier à ce malheur contraint
Desrompant & quittant le nœud qui nous estraint!
Mais non , ne le crains pas! viue source de flame!
Ie te laisse mon cœur, ie te laisse mon ame ,
Ie m'en vay comme vn mort , pasle & desiguré,
Monstrer que dans tes mains mon cœur est demeuré.
Mais quoy ? dans ces forests, ne voy-ie point l'aurore?
Non! c'est le beau suiet que mon esprit adore.
Sa presence à ce coup me touche tellement,
Qu'il ne me reste plus, ny voix, ny mouuement.

SCENE III.

SYLVIE, THYRSIS.

SYLVIE.

LA nuict estant trop longue à mon inquietude,
Ie vien dans ces forests cercher la solitude,
Et bien que le Soleil ne nous esclaire pas,
Vn desir effronté, n'y conduit point mes pas,
Desia de ces costaux la cime se redore,

Ce

Ce sont les premiers traits des regards de l'aurore,
Si i'eusse peu gouster le repos du sommeil
I'aurois bien attendu le leuer du Soleil:
Mais restant sans repos au milieu de ma couche,
Des cris interrompus ont sorty de ma bouche,
I'ay poussé des sanglots, i'ay hautement gemy,
Non sans quelque douleur tout mon corps a fremy,
Et presageant ainsi mes fatales ruines,
Me sembloit que mon lict fut parsemé d'espines,
Que mon cœur tenaillé se partageoit en deux,
Que ie perdois en l'air mes souspirs, & mes vœux.
Tousiours deuant les yeux ayant le vain image
De Thyrsis tout changé, & deffaict de visage,
L'œil degouttant de pleurs, & tout couuert de dueil,
Me sembloit, qu'il creusoit luy-mesme son cercueil:
Pour rompre ce penser, & me tirer de peine,
Ie sorts me pourmener aux deserts de Siren,
Quel Berger vois-je là, tristement soucieux,
Qui n'ose regarder la demeure des Dieux?
Il faut m'en approcher afin de le cognoistre,
O Dieux! C'est le Berger qu'amour a fait mõ maistre,
Thyrsis, où sont ces yeux? que tu disois n'auoir
Receu tant seulement, que pour l'heur de me voir?
Quoy? deuant celle-là que ton esprit adore,
Quel soucy importun, maintenant te deuore?
Quel subit changement te fait vn si grand tort,
Que proche de l'amour tu ressembles la mort?
Escoute ceste voix, qui te rauissoit l'ame,

B

Qui faisoit de ton cœur vn Mont-Gibel de flame!
Regarde ta Syluie, & voy deuant tes yeux,
Celle dont tu disois estre ialoux les Dieux,
Parle à moy mon Thyrsis, satisfaits à ma plainte,
Ou ie diray par tout, que ton amour fut feinte,
Que tu n'eus qu'vn desir trompeur & passager,
Digne d'vn Courtisan, indigne d'vn Berger.

THYRSIS.

Pardonne à mon silence & croy, belle Syluie,
Que ton vouloir tout seul doit gouuerner ma vie,
Que ie ne suis coulpable, & qu'en cet accident
La puissance d'Amour me perd en te perdant,
Les damnez és Enfers ont des plus douces chaisnes,
Et iamais criminel n'eut de si rudes gesnes:
Iamais mortel ne fut tourmenté comme moy,
Et tout ce que l'horreur à d'efroyable en soy,
Ie l'endure tout seul, en l'ardeur qui m'enflame,
Pour conseruer ma foy, bien exempte de blasme.

SYLVIE.

Le sommeil, fils des Dieux, nos desastres predit,
Et le mal que tu crains, les songes me l'ont dit
N'agueres dans mon lict, en des pensers funebres
Tandis que l'Vniuers estoit dans les tenebres,
Il me sembloit te voir, ainsi qu'on peint les Roys,
Couronné du laurier, & couuert du harnois.
En suitte tout d'vn temps, voir ton ame saisie
D'vn tourbillon d'amour, & d'vne frenesie,
Et que pour augmenter ta supreme douleur

Le conſeil de ton pere aydoit à ton malheur.

THYRSIS.

Ton ſonge eſt veritable, & c'eſt ſa tyrannie
Qui forme de mes maux vne ſuitte infinie;
Il me commande exprez, de quitter nos troupeaux
Pour ſuiure du Dieu Mars les ondoyaux drapeaux.

SYLVIE.

O Dieux! quel changement en vn homme ſi ſage!
Les ans, de la raiſon luy deſrobent l'vſage:
Vieillards nous deuenons pareils aux innocens,
Et l'aage perd en nous la vigueur du bon ſens,
Les deux extremitez ont la raiſon contraire:
Mais il te faut pourtant obeïr à ton pere,
Ce conſeil genereux viendra touſiours de moy,
Qui deſire te ſuiure, & partir auec toy.

THYRSIS.

Tu veux donc t'obliger à ſuiure ma fortune!
Tu veux qne ma douleur te ſoit auſſi commune!
Tu veux que nos eſprits ioints d'vn meſme lien
Cueillent eſgallement & le mal & le bien,
Qu'en cét effort d'amour, ta paſſion deſpeinte,
Meſle dans mon eſprit, de la ioye & de crainte
Que tu me fais de mal, en m'obligeant ſi fort!
Helas! ne te rends pas compagne de mon ſort!
Ie mourrois du regret de te voir malheureuſe,
Laiſſe moy ſeul traiſner ma vie langoureuſe.
Laiſſe, laiſſe Thyrſis, errer à l'abandon
Loin des bords tant aymez, du fleuue de Ladon,

L'Arcadie pour toy n'a rien que des delices,
Comme elle n'a pour moy, que gesnes, que supplices,
C'est trop, que me laisser viure en ton souuenir.

SYLVIE.

Thyrsis, l'amour à sceu nos cœurs si bien vnir,
Que la mort seulement en doit rompre les chaisnes,

THYRSIS.

De tant de longs trauaux en supporter les peines
Tu ne le pourrois pas.

SYLVIE.

ta pitié me fait tort,
Te suiuant ie me ris des menaces du sort.

THYRSIS.

Cest excez d'amitié me rauit en moy mesme !

SYLVIE.

Pour toy ie quitterois l'honneur d'vn diadesme.

THYRSIS.

Tousiours de plus en plus tu me veux surmonter.

SYLVIE.

Pour toy tous mes desirs ne se sçauroient conter.

THYRSIS.

Tu peux comme il te plaist allonger mes années,
Car de tes volontez pendent mes destinées.

SYLVIE.

Tandis que de nos feux nous nous entretenons,
Le Soleil fait des siens estinceller ces monts.
Oy, comme les oyseaux saluent sa venuë,
Voy, comme peu à peu l'ombre se diminuë,

Le silence se perd aussi bien que la nuit,
Des-ja de tous costez on n'entend que le bruit
Des diligens Bouuiers, qui sont à la campagne,
Afin que le bon-heur nos desseins accompagne,
Mesnageons bien le temps, n'arrestons plus icy,
C'est à toy mon Berger, à prendre le soucy
De tout ce qui nous est au depart necessaire.

THYRSIS.

Remets à mon amour le soing de cest affaire ;
Où nous trouuerons-nous ?

SYLVIE.

en ces lieux bien-heureux,
Où nos ames ont prins ce conseil amoureux.

THYRSIS.

Il ne faut pas manquer d'y venir dans vne heure.
Que ie baise ta bouche où mon ame demeure,
Tes beautez ont pour moy tant de diuers appas,
Que l'Enfer est par tout où ie ne te vois pas.

SCENE IIII.

SYLVIE, AMYNTOR.

SYLVIE SEVLE.

QVE ce nouueau dessein me donne de la peine !
L'honneur & le desir me mettent à la gesne,
Ma raison à regret franchit ce mauuais pas,

Mon amour pour Thyrsis, ne s'en estonne pas,
Et d'vn dessein hardy ne craint point d'entreprendre
Tout ce qu'à nos plaisirs les loix ont peu defendre;
Ce discours impudent polluëra l'honneur,
Qui te fait reüssir auec tant de bon-heur;
C'est tout vn, s'empescher de suiure ce qu'on ayme
Cest pour plaire à autruy se desplaire soy-mesme,
Ta fuitte des Bergers sera tout l'entretien,
Leurs discours desormais ne me touchent en rien,
Puis que Thyrsis le veut, n'importe qu'on me blasme,
C'est à luy desormais à gouuerner mon ame;
O Dieux! i'entends du bruit!

AMYNTOR.

　　　　　　　c'est vn heur sans pareil
De vous voir en ces lieux au leuer du Soleil.

SYLVIE.

Ie vien prendre le frais dans ces sombres valées,
Des Nymphes & des Dieux incessamment foulées.

AMYNTOR.

Comme aussi des serpens qui vous pourroient blesser,
Et d'vn dueil immortel nos ioyes trauerser.

SYLVIE.

Le public a fort peu d'interest à ma perte,
Et quand l'herbe seroit de ces monstres couuerte,
Ie ne lairrois pourtant de m'en venir icy:
Car eux qui font le mal le guerissent aussi,
En eux de leur venin se trouue le remede.

AMYNTOR.

Nature en cet endroit fort ſagement procede,
Mais elle pouuoit bien auec le meſme ſort
Sauuer pluſieurs Bergers des pieges de la mort,
Mettant dans les appas charmans de voſtre veuë,
Le remede du mal qui nous plaiſt & nous tuë.

SYLVIE.

Si mes yeux font du mal, perſonne ne s'en plaint.

AMYNTOR.

C'eſt d'autāt qu'vn chacun vo⁹ reuere & vo⁹ craint.

SYLVIE.

Que trouues-tu en moy qui ſoit ſi fort à craindre?

AMYNTOR.

Vn Dieu dont le pouuoir me force de me plaindre.

SILVYE.

Qu'vn Dieu ſoit auec moy ie ne le penſe pas.

AMYNTOR.

O beauté trop aymable & trop pleine d'appas,
Amour eſt auec vous, à ce Dieu plein de gloire,
Chacun de vos regards luy vaut vne victoire.

SYLVIE.

Vous auez fait deſſein de vous mocquer de moy.

AMYNTOR.

Celuy qui vous adore & vit ſous voſtre loy,
Parle de vos beautez ainſi que des miracles,
Et ne les croire pas c'eſt douter des oracles.

SYLVIE.

Berger vous vous trompez ie ne ſuis point Daris.

AMYNTOR.

Ce qui defaut en elle, en vous ie le cheris,
Vos moindres qualitez ont tant de bonne grace,
Qu'ainsi que le Soleil tous les astres efface,
Et que toute clarté la cede à son flambeau,
Doris ne paroist pas gueres mieux qu'vn tableau,
En la comparaison de vostre beau visage,
A qui mesme les Dieux doiuent rendre vn hommage.

SYLVIE.

Les ombres de ces bois me prestent des appas,
Que la nuë clarté ne me laissera pas,
Lors vous serez honteux de m'auoir tant vantée.

AMYNTOR.

Que de vostre froideur mon ame est tourmentée!

SYLVIE.

Vostre esprit se plaist tant parmy la nouueauté,
Qu'il ne vous souuient plus desia de ma beauté,
Adieu Berger, adieu, ie ne suis point rusée,
Mais de me cajoller ce n'est pas chose aysée.

AMYNTOR.

Arrestez donc vn peu pour me dire comment
Vous auez fait de moy si mauuais iugement?
Elle recognoist bien l'humeur qui me possede,
Que sçachant à ces maux vn asseuré remede,
Iamais vn seul obiet ne se vit mon vainqueur,
I'ay la plainte en la bouche & le ris dans le cœur,
Et ne suis pas de ceux qui n'ont qu'vne maistresse,
Quand l'vne me mal traite à l'autre ie m'adresse,

Ces

Ces bigearres amans, dont la fidelité
Vit parmy les tombeaux, ſuit la difformité,
Par les loix de la foy dont ils font tant d'eſtime,
Croyent que de changer ce ſoit commettre vn crime.
Moy qui ſuis la raiſon, ie crois aſſeurement
Qu'on ne peut bien aymer & aymer longuement:
Ces amoureux tranſis qui cerchent de la gloire
Au bruit de leurs souſpirs, font tort à leur memoire:
Sous l'empire d'amour ie vis ſi doucement
Que ie ne laſche pas vn souſpir ſeulement,
Ie dorts toute la nuict, ie ne ſens point de peine,
Le corps en bon eſtat, l'ame encore plus ſaine,
Mon teint n'eſt pas défait de ces paſles couleurs,
Mes yeux de tous coſtez ne voyent que des fleurs,
L'inconſtance me fait par ces vertus diuines,
Cueillir en tous endroits les roſes ſans eſpines.

ACTE SECOND.

SCENE PREMIERE.

DAPHNIS, DAPHNIDE, DORIS, AMYNTOR.

DAPHNIS SEVL.

QVE ces lieux ſont plaiſãs! que ce bocage eſt beau
Maintenant que le iour a rompu le bandeau

C

Que la nuict auoit mis au front de toutes choses,
Traitant esgalement les chardons & les roses!
Ie reuiens admirer les diuerses couleurs,
Qui paroissent sans fard sur la robe des fleurs,
Voir comme les ruisseaux qui fendent ces campagnes,
Roulent à petits bonds des prochaines montagnes,
Considerer la plaine, & contenter mes yeux
Des beautez dont nature est prodigue en ces lieux:
Car n'estant pas de ceux de qui l'ame souspire
Apres les vanitez d'acquerir vn Empire,
Mesprisant la grandeur & la pompe des Roys,
Ma volupté commence & finit dans ces bois,
La trame de mon sort se fait d'or & de soye,
Puis que le bien d'autruy ne trouble point ma ioye.
Roy de mes passions la fortune me suit,
Amy de mes plaisirs ie fuy ce qui me nuit,
Non comme ces amans pleins d'ardeur & de flame,
Pressez du vain desir d'acquerir vne Dame,
Qui rompent indiscrets le silence des bois
Par les cris redoublez de leurs plaintiues voix,
Impertinens, resueurs, dont l'humeur estourdie,
En pleurant la douleur flatte la maladie,
Qui pensent par les vœux d'vne longue amitié,
Ces ames de rocher esmouuoir à pitié.
Moy qui suis sans amour, ie ne sens point de peine,
M'abandonnant sans choix où le plaisir me traine.

DAPHNIDE.

Quoy? vous estes tout seul à resuer en ces lieux?

DAPHNIS.

Ce n'eſt pas pour pleurer l'abſence de vos yeux.

DORIS.

Daphnis vous offenſez ce bel œil trop aymable.

DAPHNIS.

Tout m'eſt indifferent, la laide & l'agreable.

AMYNTOR.

N'eſt-il point de beauté qui vous puiſſe toucher?

DAPHNIS.

Doris me trouueroit auſſi dur qu'vn rocher,

DORIS.

Quoy! vous me meſpriſez! regardez ceſte grace.

DAPHNIS.

Pour vous certes ie ſuis plus froid que de la glace.

DAPHNIDE.

Et moy n'auray-ie pas vn traitement plus doux?

DAPHNIS.

Si ie pouuois aymer ie penſerois à vous;

AMYNTOR.

Doris, à ceſte fois Daphnis vous veut deſplaire.

DAPHNIS.

Doris a trop d'eſprit pour s'en mettre en colere.

DORIS.

Regardez comme il veut eſuiter mon courroux!

DAPHNIS.

Mon ame touteſfois ne ſouffre point pour vous.

DAPHNIDE.

C'eſt moy pour qui Daphnis tant ſeulement ſe pique.

DAPHNIS.

Tant que vous le croirez vous serez heretique.

AMYNTOR.

Ce mot tient du mespris comme de vanité.

DAPHNIS.

Ie la trouue pourtant pleine de majesté.

DORIS.

Berger c'est à ce coup vous declarer pour elle.

DAPHNIDE.

Daphnis asseurément que vous me trouuez belle.

DAPHNIS.

Vous pourriez en cela Daphnide vous tromper,
Il faut bien des attraits pour mé pouuoir piper,
Il faut autant d'appas dans les yeux d'vne fille,
Qu'vn moissonneur fait choir d'espics sous la faucille.
Mais quoy! c'est trop long temps arrester en vn lieu,
Il est desormais temps que ie vous dise adieu.

SCENE II.

DAPHNIDE, AMYNTOR, DORIS.

DAPHNIDE.

DORIS n'osant parler plus d'amour que de
crainte,
Amyntor viens ouyr le subjet de sa plainte,
Elle se plaint de ce, que ton cœur en tous lieux

Paroiſt auſſi changeant que la face des Cieux,
Que tu ne ſçaurois voir la moindre du village
Sans la perſuader d'vn affecté langage,
Et d'vn front adoucy, par des mots amoureux,
Te dire ſon captif en baiſant ſes cheueux,
La flatter des douceurs que tu ne dois qu'à elle,
Conſtante cheriſſant ton eſprit infidelle.
Certes beau ſuffiſant, en ce manque de foy
Tu ne merite pas qu'on prenne ſoing de toy:
Voyez! il en rougit, & ſa face abbatuë
Semble me reprocher que ſa plainte le tuë,
O petit orgueilleux regarde ce beau teint,
Qui de couleur de flame à mon diſcours ſe peint,
L'amour qu'elle a pour toy touſiours dãs ſon courage,
Sur vn throſne de feu paroiſt en ſon viſage,
Garde-toy de mentir à ſa diuinité,
Conjoignant l'atheïſme à l'infidelité:
Parle ; tu ne dis mot !

AMYNTOR.

        vn mouuement contraire
Me force de parler, & m'enjoint de me taire,
M'accuſer de feintiſe & d'vn amour mouuant.
Ainſi que les roſeaux aux ſecouſſes du vent,
Ha ! c'eſt trop me preſſer adorable Daphnide,
Ton diſcours eloquent rend ma langue timide.

DAPHNIDE.

Le galand me cajole, & loing de s'excuſer,
Sans doute il voudroit bien de bon cœur me baiſer.

AMYNTOR.

M'auertir de ma perte & rire de mon dueil,
C'eſt me cacher le port & me monſtrer l'eſcueil
Où doit perir la nef de mon ame amoureuſe,
Qui depuis ſi long temps ſe croyoit eſtre heureuſe,
Voguant en aſſeurance à la mercy des flots,
Les faueurs de Doris eſtans ſes Matelots;
Ses ſouſpirs, ſes doux vents qui rempliſſoiët ſes voiles,
Son amour le nocher, & ſes yeux ſes eſtoilles :
Maintenant ce ſoupçon mon bon-heur finiſſant,
Me punit en coulpable & ie ſuis innocent;
Doris ſi la pitié de ma peine te touche,
Oy les vœux de mon cœur s'exprimans par ma bouche,
Que le Ciel ſoit touſiours contraire à mes deſirs,
Que ton inimitié ruine mes plaiſirs,
Si tu ne fais mourir ma ioye & ma colere,
Si tes beaux yeux ne ſont tout ce qui me peut plaire:
Que ſi ta talouſie a reſolu ma perte,
A tes yeux de ma main ma poitrine entr'ouuerte
Te fait vn ſacrifice en faiſant deſloger
Ceſt eſprit innocent que tu crois ſi leger.

DORIS.

Pardonne moy mon cœur, pardonne moy ma vie,
Ie te croyois bleſſè des beaux yeux de Syluie,
Redoutant mes defauts bien plus que ſa beauté,
Ie n'oſois m'aſſeurer de ta fidelité:
Mais puis qu'encores vn coup ta foy me perſuade,

Ie me trouue gueric,

AMYNTOR.

       & moy ie ſuis malade.
Les graces de Syluie ont ſeduit ma raiſon.

DORIS.

Mon ame que dis-tu?

AMYNTOR.

       que la comparaiſon
De Syluie à Doris eſt du tout imparfaite,
Proche de ton viſage elle paroiſt mal faite,
Et que c'eſt m'offenſer que d'en parler ainſi.

DORIS.

Par ce reſſentiment mon eſprit adoucy,
Reçoy ce doux baiſer qu'a ta bouche i'imprime,
Qui ſans doute obtiendra le pardon de mon crime.
Voy mes yeux languiſſans ſur les tiens attachez,
Tu croiras mes ſoupçons des aymables pechez,
Et que les mouuemens d'vn peu de ialouſie,
Monſtrent bien que l'amour eſt dans la fantaiſie,
Et mes regards touſiours meſlez auec les tiens,
D'vn langage d'amour te diſent que i'en tiens.

DAPHNIDE.

Vrayement petit muguet ton orgueil eſt bien ayſe,
Qu'au lieu de te punir ma compagne te baiſe,
Et que pour mieux ſerrer tes liens & ſes nœuds,
Pour vn baiſer permis elle t'en donne deux,
Si ton mal heur t'auoit enlacé de mes chaiſnes,
Des meſpris continus allongeroient tes peines,

Ie te ferois sentir.

AMYNTOR.

Daphnide c'est assez,
Que pour m'en garentir vous m'en aduertissez,
Allons belle Doris, allons dans nos cabanes,
Nos feux sont offensez par ces discours profanes.

DORIS.

Allons ma chere sœur, ton gentil entretien
A rendu son brasier aussi grand que le mien.

DAPHNIDE.

Pour le tien ie le croy, quant au sien ie proteste,

DORIS.

Que son amour est grand s'il ne m'en doit de reste,

DAPHNIDE.

Iustement,

AMYNTOR.

bouffonne que dis tu?

DAPHNIDE.

Que tu rçcois le prix sans auoir combatu.

SCENE III.

DIOMEDE, SERES.

DIOMEDE.

LE temps nous fait mourir, l'honneur nous fait
reuiure,
Nous sommes donc mortels, bien-heureux de le suiure:
I'entends

I'entends l'honneur acquis sous le fais du harnois,
Dans vn iuste combat pour le maintien des Lois,
Auiourd'huy que la Grece en beaux esprits feconde
Passe dans l'Vniuers pour la gloire du monde.
Sans le Romant d'Homère, vn languissant tombeau
Tiendroit le corps d'Achylle & ce qu'il fit de beau.
Priam dans le regret de voir perdre sa ville,
Considerant Hector creut son malheur vtile,
Pere d'vn tel guerrier il creut malgré le sort,
D'vn tel embrasement furuiure apres sa mort,
Ceste raison me fait hazarder à la guerre,
Mon fils qui ne sçait rien que labourer la terre,
Mais il est bien adroit, robuste de son corps,
Et qui peut supporter des biens rudes efforts,
Les plº grãds n'ōt pas mieux des muscles & des veines,
Et sont plus delicats aux rencontres des peines,
Qu'en dites-vous ma femme? & ne trouuez-vous pas
Loüable le dessein d'affranchir du trespas,
Par vostre fils nos noms?

SERES.

dans le mestier des armes,
Pour vn pere qui rit, mille versent des larmes,
Et de tant de Soldats qui suiuent ces sentiers,
Plus frequents les tombeaux y font que les lauriers.
Nous n'auons qu'vn seul fils dont l'aymable ieunesse,
Tient nos corps en vigueur qu'affoiblit la vieillesse,
Pipé du vain esclat d'vn fantasque dessein,
Imprudent ostez-vous ceste espine du sein.

D

Parmy le doux repos où le Ciel nous fait viure,
N'enuiez à Thyrsis le moyen de vous suiure,
Pensez que le bon sens consiste à diuertir,
Dans ce mortel seiour l'effect du repentir.

DIOMEDE.

Vous me côptez les maux que la peur vous imprime,

SERES.

Et vous loüez le sort quin'est vn moindre crime.

DIOMEDE.

Ie depeints la vertu de ses moindres couleurs.

SERES.

Le serpent est souuent caché dessous les fleurs.

DIOMEDE.

Qui ne veut s'hazarder vit au monde sans gloire.

SERES.

Qui vit content du sien emporte la victoire.

DIOMEDE.

La pauureté tousiours se loge dans les bois.

SERES.

Et l'orgueil ne part point de la suite des Roys.

DIOMEDE.

Quel bien peut-on auoir dessous vn toict de chaume?

SERES.

Mais quel repos aussi sous le faix d'vn heaume.

DIOMEDE.

De quel contentement iouyt vn Laboureur?

SERES.

Quel plaisir peut auoir vn pyrate, vn voleur.

DIOMEDE.

Nommes-tu de ce nom vn conducteur d'armée?

SERES.

Ouy : car du bien d'autruy sa force est animée ;

DIOMEDE.

Les Roys ont des raisons que nostre sens combat.

SERES.

Qui vous auroit appris les maximes d'Estat?
Vous qui depuis cent ans viuez dans ces montagnes
Conduisant les troupeaux par ces vertes campagnes?

DIOMEDE.

Cela n'empesche pas que mon grossier esprit,
N'ait leu des grands Heros les gestes par escrit.
Cessons de disputer! sus retenez ces larmes?
Et me faites venir mon fils auec ses armes?

SERES.

Et bien puis qu'il le faut ie m'en vay le querir.

DIOMEDE.

Il n'en est pas besoin, ie l'apperçoy venir.

SCENE IIII.

THYRSIS, DIOMEDE, SERES.

THYRSIS.

IE ne me cognois plus en ce braue equipage,
Suis-je bien ce Thyrsis si fait au labourage,

D ij

Qui n'agueres mettoit la force de ses sens
A mener dans les bois ses troupeaux innocens,
Adroit à bien choisir les meilleurs pasturages,
Des vallons, des costaux, des prez & des boccages:
Ouy, ie le suis sans doute, & n'ay fait que changer
En habit de Soldat, mon habit de Berger.

DIOMEDE.

Il me plaist de te voir en ce braue equipage,
L'espoir d'vn bon succez m'enfle tout le courage,
Couuert de cét harnois tu plais fort à mes yeux,
Ainsi tous mes desseins fauorisent les Dieux;
Ces armes ont accreu l'air de ta bonne grace,
Tu me sembles mieux fait dessous ceste cuirasse:
Sois soigneux du deuoir d'vn valeureux guerrier,
Mesprise les thresors, combats pour le laurier:
Reuere les Soldats, blanchis dessous les armes,
Sois tousiours le premier à courir aux alarmes:
Fuy ces effeminez amateurs du repos,
Ne polluë ta bouche en des sales propos.
Dans la suite des Grands la complaisance est bonne,
Ne souffre point d'affronts & n'en fais à personne.
Courtois & courageux fay toy voir en tous lieux,
Sans superstition sois bien religieux,
Conserue en ton esprit ces diuines paroles,
La fortune s'enfuit bien loing des ames moles.
Il faut aux accidens tesmoigner sa vertu,
Et se voir plustost mort que se voir abatu.
Ne te souuiens iamais de ta vie passee,

Banny ce souuenir bien loing de ta pensee,
Pense que de Berger tu te peux annoblir,
Et acquerir vn nom qui ne se peut vieillir,
Muny de ces leçons poursuy ton aduanture,
Tousiours à ton secours soit l' Autheur de nature,
Et reçoy cèt argent qu'il te faut conseruer,
Pour de quelque malheur au besoin te sauuer.

THYRSIS.

Mon pere ie ne crains la cheute du tonnerre,
Puis que vostre vouloir me destine à la guerre,
Ie retiendray tousiours dedans mon souuenir,
Les discours qu'il vous plaist auiourd'huy me tenir.

SERES.

Mon fils dans les combats n'hazarde point ta vie,
Modere de l'honneur l'insatiable enuie,
Et pour l'amour de moy qui te cheris si fort,
Croy que c'est estre heureux que d'eslogner la mort,
Reuien pour me pleurer au moment que la Parque
Me fera de Charon passer la triste barque,
Et que mes yeux esteints acheueront leur cours,
Adieu ie n'en puis plus,

THYRSIS.
pitoyable discours.

DIOMEDE.

C'est trop s'entretenir, à quoy bon tant de larmes?
Il estoit destiné à la suitte des armes.
Laissons l'aller au camp du grand Roy des Gaulois,
Mieux vaut suiure la Cour que les prez & les bois.

Adieu mon cher enfant, nouueau Soldat de guerre
Ne te sers plus du fer à labourer la terre.

SERES.

Adieu donc mon cher fils,

SCENE V.

THYRSIS.

                  Arbitre des humains,
Estends pour mon secours tes secourables mains :
Car delaißé de ceux qui m'ont donné la vie,
De seruir tes Autels c'est ma plus douce enuie,
Affermy mes esprits au milieu des dangers,
Fay que ie sois la gloire & l'honneur des Bergers.
Grand Prince des combats sous lequel ie m'embarque,
De tes plus Fauoris fay-moy porter la marque;
Et toy petit Amour espoir de mes ennuis,
Sous lequel i'ay paßé tant d'agreables nuits,
Rameine promptement ceste vnique merueille
Qui rauit par les yeux & charme par l'oreille,
Qu'elle vienne bien tost enchanter tous ces bois,
Außi bien que mes sens des accens de sa voix,
Et que d'vn doux regard elle mette en mon ame
Tout ce que ton brandon a d'ardeur & de flame:
Comme apres les broüillards qui cachent à nos yeux
Par d'espaißes vapeurs le grand flambeau des Cieux;
Comme à vn Pelerin que la nuict abandonne

Aux tremblantes frayeurs que l'obſcurité donne,
Et comme apres l'Hyuer le Printemps reſiouyt,
De meſme elle me plaiſt quand ſon bel œil me luit.
Mais quoy! elle me fait bien longuement attendre,
Há! la voicy venir:

SYLVIE.

ie te voulois ſurprendre,
Il me tardoit autant qu'à toy de m'y trouuer:
Mais ie n'ay ſceu pluſtoſt en ces lieux arriuer,
Ie ne pouuois ſi bien compoſer mon viſage,
Que d'vn ſi grand deſſein il ne fit voir l'image,
Mes parens trop ſoigneux de mes contentemens,
L'ont preſque découuert à voir mes mouuemens,
M'ont enquiſe cent fois pourquoy i'eſtois eſmeuë?
Que la cauſe ſans plus leur eſtoit incogneuë,
Que leur affection me traitoit doucement,
Qu'ils ne pouuoient ſçauoir d'où venoit mon tourmët,
Que leur ayſe prenoit de mon ayſe naiſſance:
Ie ne me puis tenir de rire quand i'y penſe,
Ils me diſoient, mon cœur, qu'auez vous ce matin?
Quel accident nouueau trouble voſtre deſtin?
Et que demandez-vous? que vous faut-il encore?
Seulement du repos: car pluſtoſt que l'Aurore,
Ay-ie dit, ce matin i'ay ſorty de mon lict,
Voylà le ſeul ſujet dont mon teint ſe paſlit,
Lors auec des reſpects ils m'ont quitté la place,
Et moy de leurs honneurs accroiſſant mon audace,
Feignant de repoſer i'ay quitté le logis,

En te le racontant, mon Berger ie rougis,
Non pas d'aucun regret de laisser le village:
Mais bien de ne pouuoir t'obliger d'auantage.

THYRSIS.

Ha! que ces mots puissans effacent mes ennuis,
Certes ie ne sçay plus en quel estat ie suis:
Car i'auois fait dessein d'habiter solitaire
Ces rochers de serpents & des ours le repaire,
Ou de percer ce cœur d'vn fer iniurieux,
Qui ne le fut iamais que d'vn trait de tes yeux:
Maintenant mon esprit n'a rien qui l'importune,
Auec toy ie me ry des coups de la fortune,
Aupres de ta beauté sans crainte & sans effroy,
I'e verrois tout le Ciel irrité contre moy,
L'esclat de tes beaux yeux, merueille incomparable,
Me rendroit de l'Enfer la demeure agreable,
Et les considerans & calmes & sereins,
De t'offenser, mon cœur, c'est tout cout ce que ie crains.

SYLVIE.

Ceste crainte, Thyrsis ne doit troubler ton ame,
Ie ne sçay pas brusler d'vne commune flame,
Quand ie te fis l'objet de ma saincte amitié,
Ce ne fut à dessein de t'aymer à moitié,
Presentant tous mes vœux d'offrande à ton merite,
Ie croy ceste faueur encores trop petite,
Pour toy l'Amour ne peut me faire trop souffrir,
Ie voudrois auec moy vn Empire t'offrir,
Mes desirs te donnant à gouuerner ma vie,

Croy

Croy que tu ne ſçaurois importuner Siluie.

THYRSIS.

Mais nous perdons le tẽps dans ces doux complimens,
Hors d'icy tu ſçauras quels ſont mes ſentimens,
Et iuſques à quel poinct ton amour me poſſede.

SYLVIE.

Certes le temps perdu ne ſouffre de remede:
Quitte dònc ce bouclier afin qu'à ceſte fois,
Pour me mettre en repos ie te donne des loix,
Iure que tu feras tout ce que ie deſire,
Que ſur ta volonté la mienne aura l'empire,
Que comme auec ta ſœur tu viuras auec moy,
Tant que l'Hymẽn nous ait vnis deſſous ſa loy.

THYRSIS.

A genoux deuant toy, ſeul eſpoir qui me reſte,
La majeſté des Dieux à me punir i'atteſte,
Si touſiours ton vouloir ne limite le mien,
Et ſi ie romps iamais vn ſi ſacré lien.

SCENE VI.

ALACRIN, SYLVIE, THYRSIS.

ALACRIN.

SI tu ne le romps pas, i'en veux couper la trame,
Et dans ton propre ſang faire nager ton ame.

SYLVIE.

Helas! l'eſtrange monſtre, bons Dieux aſſiſtez nous!

E

Les Aduantures
ALACRIN.

En vain des Immortels l'ayde reclamez-vous,
D'vn pied ie pourray bien atterrer ta puissance,
Et te faire fleschir sous mon obeyssance,
Et de ce bras tenir auec bien moins d'effort,
Ceste rare beauté que ie cheris si fort.

THYRSIS.

Tu peux bien t'asseurer de n'auoir pas Syluie,
Tandis que i'humeray le doux air de la vie,
Monstre, lasche, cruel, traistre qui m'as surpris.

ALACRIN.

O les braues efforts d'vn Soldat de Cypris!
Pour te faire despit il faut qu'à ta moustache,
Ie touche de son sein ce que la robbe en cache,
Ie n'en suis pas plus fin, elle est hors de mes mains:
Mais tu ressentiras mes efforts inhumains,
Ie te deuoreray en l'excez de ma rage,
Si ie ne puis reuoir cet aymable visage.

THYRSIS.

Satyre ie ne puis contenter ton desir.

ALACRIN.

De t'esgorger tantost i'auray donc le plaisir.

THYRSIS.

Si tu croyois en moy ie pourrois bien t'apprendre
Vn moyen qui pourroit aysement la surprendre,
Et qui sans nul danger te feroit receuoir
Vn bon-heur que les Dieux seroient ayses d'auoir.

ALACRIN.

Leue-toy ; & me dy comment il faudra faire ?

THYRSIS.

Si tu veux à Syluie auec peu de soin plaire,
Tu n'as qu'à imiter les actens de ma voix,
Prendre mon coutelas, mon casque, mon pauois,
Et en ceste façon te presenter à elle.

ALACRIN.

Des-ja d'vn tel espoir mon sang se renouuelle,
L'attente d'vn tel bien, mon ame resiouit,
Et la haine pour toy de moy s'esuanouit.

THYRSIS.

Tes yeux verront sans douté, ò bien-heureux Satyre,
Nud à nud ce beau corps pour qui l'amour souspire,
Tu baiseras Syluie, en qui tout est parfait,
Et qui peut imiter des mortels le souhait,
De qui l'haleine sent aussi bon que les roses,
Quand aux rais du Soleil elles sont bien escloses.

ALACRIN.

Berger tu me fais rire, & flattant mes douleurs,
Me semble que des-ja sur vn tapis de fleurs,
Ardamment amoureux, à mon gré ie la couche,
Ma main touche son sein, & ie baise sa bouche,
Et gourmandant ainsi ces impies orgueils,
Les buissons pour rideaux, & les prez pour linceuls,
Celebrans cet Hymen à ma façon rustique,
Les oyseaux seulement nous seruent de musique :
Allons donc promptement dans ce prochain rocher,

Où pour te bien traitter rien ne me sera cher.

ACTE TROISIESME.

SCENE PREMIERE.

SYLVIE, AMYNTOR.

SYLVIE SEVLE.

IE *suis en liberté, Thyrsis est en seruage,*
Et ie ne creue pas de despit & de rage,
La fortune me sauue en perdant mon vainqueur,
Et ma raison suruit la perte de mon cœur!
Mon ame suit les pas du Berger que i'adore,
Et sans ame & sans cœur ie suis viuante encore!
Ha! ceste lascheté ne se doit point souffrir;
Tygres à mon secours venez donc vous offrir!
Paissez vous de ma chair, en me purgeãt du blasme.
De suruiure vn moment la perte de mon ame!
Monstre qui l'as surpris! toy qui me l'as rauy,
Tu n'as que la moitié! sçache donc que ie vy;
Viens, ie ne fuiray point, tu m'auras tost atteinte,
L'amour a de mon sein banny toute la crainte;
Et pour reuoir vn bien que i'estime si cher,
A tes vilaines mains ie me lairray toucher.
Dieux! ie vois Amyntor, mon ame est esperduë,
Il faut dissimuler le regret qui me tuë.

Berger! vous me trouuez dans ces ſauuages lieux,
Où ma viue douleur ne ſe monſtre que mieux,
Contre le ſort cruel qui me fut ſi contraire
De me laiſſer enfant, & ſans pere & ſans mere,
De qui les bons conſeils poliſſans mes eſprits,
Euſſent de m'eſleuer la conduite entrepris.

AMYNTOR.

Voſtre ame de vertus le modele & le temple,
Pour regler vos deſirs n'a point beſoin d'exemple.

SYLVIE.

Vos loüanges me ſont ſuſpectes deſormais.

AMYNTOR.

Vous cognoiſſez pourtant que ie ne ments iamais.

SYLVIE.

Delaiſſons ce diſcours, l'eſtat de ma fortune
Par de nouueaux ennuis tous les iours m'importune.

AMYNTOR.

Vous auez des parens ſoigneux de voſtre bien.

SYLVIE.

Plus que l'ayſe d'autruy chacun cherit le ſien,
Mes parens m'ayment bien : mais i'aurois for enuie
De les voir deſliurez du ſoucy de ma vie.

AMYNTOR.

Quoy, voulez vous mourir?

SYLVIE.

                    non pas s'il plaiſt aux Dieux :
Mais ie crains que ce fais ne leur ſoit ennuyeux.

AMYNTOR.

Ennuyer à leur soing vne si douce peine,
Le pouuant empescher, vostre complainte est vaine.

SYLVIE.

I'ignore les moyens propres pour en sortir,
A l'esgal de la mort craignant le repentir.

AMYNTOR.

Le coup le plus certain pour rompre ce seruage,
A mon opinion seroit le mariage.

SYLVIE.

Ce seroit me tuer en me pensant guerir,
Et de ma liberté le naufrage encourir:
Ie ne veux pas ainsi sortir de seruitude,
Le ioug sous vn mary me semble vn peu trop rude.

AMYNTOR.

Vostre beauté s'acquiert vn absolu pouuoir:
Car vn Dieu se tiendroit heureux de vous auoir.

SYLVIE.

Tandis que le desir regne dedans vne ame,
Ce ne sont que souspirs, & complimens de flame:
Mais en la iouyssance ils suiuent d'autres loix,
Et maistres du logis ils commandent en Rois.

AMYNTOR.

Tous ne commettent pas vne pareille faute,
Ie iure de nos Dieux la puissance tres-haute,
Que ie ne vous mens point, aussi vray qu'il est iour,
Ie cognois des maris qui souspirent d'amour.

SYLVIE.

Ouy pour d'autres beautez,

AMYNTOR.

Non, pour leur propres femmes.

SYLVIE.

Ces maris sont bien rares, & bien pourueus de flames.

AMYNTOR.

Vne grande beauté peut donner vn plaisir
Dont mesme l'abondance augmente le desir.

SYLVIE.

L'ordinaire d'vn bien tousiours nous importune,
L'on se lasse souuent de la bonne fortune.

AMYNTOR.

Vos raisons ne sont pas d'accord auec vos yeux :
Car iamais du nectar ne se lassent les Dieux,
Et vos appas qui sont d'vne immortelle essence,
Font viure les desirs parmy la iouyssance,
Rauy de vos beautez, ie vous dy franchement
Qu'il me faut, ou mourir, ou viure en vous aymant.
Vos beaux yeux m'ont graué auec des traits de flame,
Vostre diuin portrait au plus profond de l'ame,
Hé! ne souffrez donc pas qu'vn iniuste mespris
Fasse mourir celuy que vos charmes ont pris,
L'on vous reprocheroit de perdre vne conqueste,
Qu'auec si peu de frais vos merites ont faite,
Et vos regards aux miens apparoissent si doux,
Que mon cœur desormais ne peut aymer que vous,
Royne de ma franchise & de ma destinée,

Ne rends plus ta froideur à ma perte obstinée.

SYLVIE.

Vn Conuent doit borner ma ioye & mes desirs,
Mon cœur est insensible à tous autres plaisirs:
Dõc Berger, s'il vous plaist, viure en mes bõnes graces,
Quittez ce compliment de flames & de glaces,
Parlons de nos troupeaux, & laissons dans la Cour,
Pour vn tres-grãd malheur regner le Dieu d'Amour.

AMYNTOR.

Ie tairay si ie puis l'amour que ie vous porte:
Mais si, comme ie crains, elle se rend si forte
Que ie ne puisse pas sans mourir la celer,
Lors vous me permettrez, s'il vous plaist, d'en parler.

SYLVIE.

Vous ne souffrirez pas si grande violence,
Il vous sera aysé d'obseruer le silence.
Adieu, pardonnez moy si ie romps ce propos,
Bannissez cét amour, & viuez en repos.

SCENE II.

AMYNTOR, DAPHNIS.

AMYNTOR.

POVVOIR viure en repos & quitter ton visage!
Ha! ce seroit manquer d'amour ou de courage,
Non cela ne se peut, le sort en est ietté,

Ton

Ton merite me rend vn roc de fermeté,
Et de ma passion ie suiuray la violence.

DAPHNIS.

Il faut vn peu de temps me tenir en silence,
Pour ouyr Amyntor ce Berger inconstant.

AMYNTOR.

Esprit prompt & leger qui me rendois content,
Me faisant estimer l'amour illegitime,
Qui duroit plus d'vn iour, le souspirer vn crime,
Et croire qu'il faloit estre sans iugement,
Pour conseruer la foy vne heure seulement,
Las! pourquoy t'enfuis-tu? reuien esprit volage!
Me desliurer des fers & m'oster de seruage.

DAPHNIS.

La ioye à ceste fois est hors de tes esprits,
En jouant tout à bon, Amyntor tu t'es pris,
Et ie recognois bien au dessein qui t'occupe,
Qu'amour plus fin que toy te fait passer pour dupe.

AMYNTOR.

Berger sans amitié, priué de sentiment,
Mon esprit ne peut plus courir au changement,
Ie veux mourir d'amour, c'est là ma seule gloire,
Ie cheris ma deffaite autant qu'vne victoire.

DAPHNIS.

Comment peux-tu cherir ce qui te fait du mal?
Et te plaire à souffrir vn continu trauail?

AMYNTOR.

C'est afin d'acquerir par la perseuerance,

F

Apres tant de labeurs, l'heur de la iouyſſance,
La tempeſte nous rend le calme plus plaiſant,
Le trauail fait le gouſt des viandes de ceuant,
L'on meſpriſe le bien dont l'accez eſt facile,
Et l'on cherit celuy dont il eſt difficile.
Les larcins d'amour donnent plus de plaiſir :
Car les difficultez enflamment le deſir ;
La brebis qu'auec ſoin le Berger à nourrie,
Se rencontre touſiours de luy la plus cherie:
C'eſt offenſer Amour, & profaner ſa Loy,
Berger indifferent, qu'en parler deuant toy !
Adieu.

DAPHNIS.

Encore vn mot.

AMYNTOR.

                          I'ay autre part affaire,
Il ne peut de ce ſoing importun ſe diſtraire,
Son ame de l'amour, captiue à tous moments,
Se plaiſt en ſes liens, reuere ſes tourmens,
Et par vn mouuement qui n'a point de relaſche,
Suit celle qui le fuit : Ha ! c'eſt bien eſtre laſche,
De ſouffrir le meſpris, d'vne dont les appas,
Cedent à ſa Doris qui le ſuit pas à pas,
Ne vaudroit-il pas mieux d'vne amitié fidelle,
N'auoir du ſentiment ny d'amour que pour elle:
Mais quoy ? c'eſt le deſtin qui regle nos deſirs,
Et l'amour nous deçoit par des nouueaux plaiſirs,
Noſtre ame n'eſt iamais en vn eſtat conſtante,

Et la possession nous plaist moins que l'atente,
O Dieux! que nos esprits sont suiets à changer!

SCENE III.

DAPHNIDE, DAPHNIS, DORIS.

DAPHNIDE.

QVE faites vous icy, trop aymable Berger?
Quel soucy vous retient dans ceste solitude?
Vous qui viuez exempt de toute seruitude,
A qui iamais beauté n'a sceu donner la Loy,
Qui seul recognoissez vostre desir pour Roy,
Qui voyez que le Ciel abondamment vous donne
En Esté des espis, des raisins en Automne,
A qui rien ne defaut pour viure bien-heureux,
Qui ne fustes iamais que de vous amoureux,
Qui ne sçauez que c'est que de porter enuie,
Dont la beauté du corps, des grands biens est suiuie,
Qui côptez en vos Parcs cinq cens moutons d'vn coup,
Cheris de la fortune & respectez du loup.
Dites moy! quel soucy meut vostre impatience?
Pourquoy de ces deserts troublez vous le silence?

DAPHNIS.

Vous me flatez par trop, ie ne merite pas
Qu'on employe pour moy tous ces diuers appas,
Alors qu'on peut rauir auec moins de despence,
Par les charmes des yeux, sans ceux de l'eloquence.
Si ie pouuois flechir sous l'Empire d'Amour,

F ij

Tout mon plaisir seroit à vous faire la cour,
Vous rendre tous mes soings, suiure vos pas aymez,
Par vos yeux seulement mes desirs animez.
Mais il faut conseruer l'empire de mes sens,
Et viure sans aymer que ces bois innocens,
Amyntor ..... fois estonne mon courage,
Qui souspire sans feinte, & qui n'est plus volage.
Cela me fait penser qu'il n'est rien de certain,
Et que contre l'amour trop foible est le desdain,
Qu'on ne peut longuement resister à sa force,
Que le plaisir d'aymer peu à peu nous amorce,
Et que viuans mortels, entraisnez du destin,
Ce qui nous plaist le soir nous fasche le matin.

DORIS.

Vous blasmez Amyntor de ce que sous l'empire
D'Amour, dedans ces bois bien souuent il souspire,
Vous pourriez bien vn iour en sentir le pouuoir.

DAPHNIS.

Iamais ie n'ay rien veu digne de m'esmouuoir:
Quand sous le ioug d'amour ie rangeray ma vie,
L'objet de tous mortels attirera l'enuie,
Obliger à l'amour tous ces tendres esprits,
Qui du premier objet sont incontinent pris,
Dont la place du cœur estant des-occupée,
Deuiendroient amoureux des yeux d'vne poupée,
On ne s'en doit vanter, non plus que d'amoir mis
Le pied sans y penser sous vn nid de fourmis:
Mais apprendre à marcher à la souche d'vn arbre,

Donner du ſentiment à la durté du marbre,
Faire voir le Soleil à ceux qui ſont ſans yeux,
Eſt veritablement vn miracle des Dieux;
Auſſi de m'obliger à l'amoureuſe peine,
Eſt ſans doute vn effect de la beauté d'Heleine.

DORIS.
N'eſt beſoin d'vn viſage en ſes traits ſi parfait?

DAPHNIS.
Et s'il en falloit moins, que ne l'auez vous fait?

DORIS.
Ie ne l'ay pas voulu.

DAPHNIDE.
　　　　　Dites mieux ma compagne,
Vous ne l'auez pas ſceu,

DORIS.
　　　　tel effect ie dedaigne.

DAPHNIS.
On doit parler ainſi lors qu'on ne peut ranger,
Par defaut de bon-heur, ſous ſes loix vn Berger.

DORIS.
Diſcret il n'a voulu parler de mon viſage.

DAPHNIDE.
C'eſt que de vos appas il redoute l'image.

DAPHNIS.
Ouy, ſans doute craignant d'en eſtre vn iour eſpris,
Et de la voir venger apres vn tel meſpris.

DORIS.
Vous pourriez en riant prononcer vn oracle.

Car quand vous m'aymerez ce n'eſt pas vn miracle.

DAPHNIDE.

Daphnis auec le temps vous en pourriez patir,
Et de ce vain diſcours trop tard vous repentir.

DAPHNIS.

La froideur de l'Hyuer, fait que deſſus la terre,
Le Ciel ne darde point les flames du tonnerre,
La miene me deffend de meſme de vos feux,
Doris pour m'engarder ie ne fais point de vœux,
Et ſans me ſoucier de vous mettre en colere,
Ie dis, quãd vous voudriez vous ne me ſçauriés plaire.

DORIS.

Daphnide, mon cher cœur! helas ſi tu ſçauois!
Sous quel ſort malheureux auiourd'huy tu me vois,
Tu ne rirois pas tant, & ta face abatuë
Se couuriroit de dueil au malheur qui me tuë.

DAPHNIDE.

Il ſeroit mal-ayſé de me faire pleurer,
Le rire me ſied bien, ſouffre ſans murmurer.

DORIS.

Quoy ta gentille humeur peut rire de ma peine!
Aujourd'huy l'amitié n'eſt rien qu'vne ombre vaine.

DAPHNIDE.

Ie t'ayme ſans mentir de meſme que ma ſœur.

DORIS.

Ha! que ta bouche dit ce mot auec douceur:
Mais ie crains que ton cœur autre part ne s'attache,
Car tu ne t'enquiers pas du traiſtre qui me fache,

Dieux! ce mot est trop foible à despeindre l'affront,
Que cét ingrat m'a mis auiourd'huy sur le front.
L'infame me mesprise, & son ame innocente
N'a plus des feux sinon de sa nouuelle amante,
Il rit de mes douleurs, se-plaint à sa raison
De l'auoir si long temps laissé dans ma prison,
Ayant de son amour l'ancienne flame esteinte,
Fait des contes de moy, se moque de ma plainte,
Tu l'as veu ce matin n'adorer que mes yeux,
Le traistre ne l'a fait que pour me piper mieux.

DAPHNIDE.

Tout à bon ie te plains, hé! ma sœur ie te prie,
Conte moy par quel tour l'inconstant t'a trahie.

DORIS.

Ie m'en vay te le dire, encor que le discoars
De mes cruels ennuis en redouble le cours.
Tantost tous deux assis au bord de la fontaine,
En ioüant nous grauions nos deux noms sur l'areine,
Et du tout empeschez aux delices d'amour,
Nous passions à couuert l'ardent midy du iour,
Là pour nouueaux sermens nous disions que la terre
Darderoit vers le Ciel les flames du tonnerre,
Que l'esclat des thresors demeureroit sans pris,
Auant que nos deux cœurs peussent estre despris,
Qu'il n'estoit rien si doux que l'amour dans la vie,
Lors que s'apperceuant de la belle Syluie,
Il m'a laissee seule entretenir ces bois,
Et perdre dedans l'air les accens de sa voix.

DAPHNIDE.

Sans ie flatter ma sœur, ceste fuite indiscrete
Monstre qu'il porte au sein vne flame secrette,
Tu dois le descouurir, en esclairant ses pas,
Puis rompre, s'il est vray, qu'il ne i'estime pas.

DORIS.

Ie suiuray ton conseil, i'y suis trop engagée,
En suitte s'il est vray que l'ingrat m'ayt changée,
Ie rompray auec luy d'vne bonne façon,
Et ce cœur mesprise m'en fera la raison.

SCENE IIII.

ALACRIN, THYRSIS, PHILANDRE.

ALACRIN.

MARS, à ce que ie croi, n'a point meilleure mine,
Syluie à ceste fois ne seroit pas trop fine
En refusant l'amour que ie luy viens offrir,
Ce doute me deplaist ie ne le puis souffrir,
Couuert de ce harnois, en ce riche equipage,
Les femmes desormais me rendront vn hommage,
Mais elles ne pourront m'esmouuoir à pitié,
Syluie toute seule aura mon amitié,
Ie veux me regarder dans ces claires fontaines,
Dieux! vn charme puissant coule dedans mes veines,
Le sommeil me saisit, il me faut reposer,

Et

Et Syluie tantost venant pour me baiser,
Goustera à longs traits le nectar de ma bouche,
Et prendra du plaisir aux larcins de ma couche.

THYRSIS.

A la fin i'ay rompu mes fers & mes liens,
Par le secours des Dieux la liberté ie tiens.
Quoy ? le Satyre dort auec toutes mes armes,
Rencontre bien-heureux, qui finira mes larmes,
Ie veux premierement reprendre mon harnois,
Et puis à ce bouquin faire ce que ie dois,
Seul subjet du malheur, dont le regret me tuë!
Ie veux faire pleuuoir vne gresle menuë
Des coups dessus ton dos,

ALACRIN.

Syluie doucement,
Est-ce ainsi comme il faut caresser son amant ?

THYRSIS.

Ce vilain s'imagine d'estre aupres de mon ame.

ALACRIN.

A la fin en fureur se conuertit ma flame,
Tygresse ! tu viendras nonobstant ton pouuoir,
Demons ! hé! qu'est-ce cy que vous me faites vpir ?
Mon prisonnier qui tient ma vie en sa puissance,
Berger! ie te supplie exerce ta clemence.

THYRSIS.

Sauue toy promptement, n'arreste plus icy!

ALACRIN.

Ce n'est pas mon dessein que de le faire aussi.

G

SCENE V.

THYRSIS, PHILANDRE.

THYRSIS.

LA fatigue du corps & la douleur de l'ame,
Fait sortir de mon sein vne bruslante flame,
Deseche mon palais, & d'vn charme noueau,
Me force de laisser ma soif dans ce ruisseau,
Approchons ce rocher, l'eau de ceste fontaine
Rafraischira l'ardeur qui tient mon cœur en peine;
Assis sur ces gazons, il me faudra saouler
De ceste eau qui me plaist lors que ie l'ois couler.
Dieux! Combien i'en ay beu! ô l'excellent breuuage!
Qui d'vn nouueau desir allume mon courage.
Beuuons encor vn coup! ie pense que les Dieux
N'ont rien de plus plaisant dans le Palais des Cieux.
Sus! leuons-nous debout! Acheuons nostre course;
Voicy venir à moy vn sanglier & vne ourse,
Mon bras efforce-toy, tuë ces animaux;
I'entends autour de moy vn nombre de cheuaux:
Encor que ie sois seul ie les veux tous combatre,
Et de mon coutelas aysement les abatre,
Ils s'en sont tous fuis; voicy venir l'Amour!
Bon-jour petit garçon, quoy tu viens à ma Cour?
La Lune & le Soleil sont en grande querelle,
Iupiter fay bon guet, pose la Sentinelle,

Pareſſeux Mattelots appreſtez les Vaiſſeaux,
Il me prend vn deſir de courir ſur les eaux;
Ie ſuis bien allé loing, bon-jour belle Syluie :
Reſpondez à Thyrſis ? chere ame de ma vie :
Vien donc que ie te baiſe, & touche ton beau ſein,
Cruelle ! ne romps pas mon amoureux deſſein ?
Quoy ? les Cieux, les Enfers, les Demons de la terre,
Se ſont liguez entr'eux pour me faire la guerre !
Ie veux deuant leur nez, d'armes me deſpoüiller,
Prenez mon coutelas, mon caſque, mon boüclier.
Qu'eſt-ce cy ? dans mon cœur ie ſens croiſtre la rage,
Ie deuien deſireux de faire du carnage.
Traiſtres ! laiſſez moy donc, & ne m'attachez-pas,
Donnez moy liberté de faire encor deux pas,
Arriere Palatins, qui m'offrez des Couronnes,
Ces folles vanitez ne me ſemblent point bonnes.
Roland, Regnaud, Roger, approchez vous de moy,
Qui veux le Roy des morts reduire ſous ma loy.

PHILANDRE.

Eſprits, qui cognoiſſez le pouuoir de mes charmes,
Deſlogez promptement ? allez querir mes armes ?

SCENE VI.
AMYNTOR, SYLVIE.
AMYNTOR.

SILVYE me voicy pour implorer ta grace,
Veux-tu donc à mes feux eſtre touſiours de glace ?

G ij

Veux-tu faire mourir qui t'ayme plus que soy ?
Qui n'a rien qui ne soit entierement à toy.

SYLVIE.

Ma volonté deuroit vous estre assez cogneuë.

AMYNTOR.

Helas ! de mon costé tournez vn peu la veuë !

SYLVIE.

Vous ne deuez iamais vn tel bien esperer.

AMYNTOR.

Ta froideur me contraint de me desesperer.

SYLVIE.

Adieu, cerchez ailleurs pour debiter vos feintes.

AMYNTOR.

Cruelle ! à tout le moins escoute vn peu mes plaintes !
Helas ! elle s'enfuit, il faut, il faut mourir !
La seule mort me peut desormais secourir,
Oronte & ma Doris sont à ce coup vangées :
Car ie meurs du regret de les auoir changées.

SCENE VII.
AMYNTOR, ANTHONIN.

ANTHONIN.

BERGER ! quel desplaisir vous chãge la couleur ?

AMYNTOR.

Helas ! ie n'ose pas vous dire ma douleur !

ANTHONIN.

Estant de mes amis, à quoy bon ce silence ?

AMYNTOR.

C'est pour me conseruer dans vostre bien-veillance !

ANTHONIN.

Quoy ? me soupçonnez-vous d'vn defaut d'amitié ?
Ie veux de vos regrets en porter la moitié,
Voulez-vous mes moutons ? desirez-vous ma vie ?
Estes-vous amoureux de la belle Syluie ?
Parlez ? elle-est à vous !

AMYNTOR.

           ha ? qu'il suffiroit bien,
Berger, qu'elle approuuast que ie mé disse sien,
Qu'elle exauçast mes vœux auec vn doux visage,
Agreant de mes pleurs & l'offrande & l'hommage:
Car l'iniuste reffus qu'elle fait de me voir,
Me reduit iustement en vn tel desespoir,
Ie l'adore sans feinte, & mon ame blessee,
A tousiours son portrait graué dans la pensée,
I'estime son thresor, son heur, son paradis;
Et encores Berger, bien plus que ie ne dis.
Ouy, elle-est mon salut, & loing d'elle ma vie
Fait autant de pitié qu'elle donne d'enuie,
Cependant elle croit que ie suis vn trompeur,
Et se garde de moy ainsi que d'vn pipeur,
Estime que ie suis le Roy des infidelles,
Et de mon inconstance elle a bruslé les aisles.

ANTHONIN.

Est-ce là le sujet qui vous trouble si fort ?
Asseurez-vous de voir vos desseins dans le port,

Entrons dans le logis, vous trouuerez que i'ayme
L'honneur de vous seruir à l'esgal de moy-mesme.

❧❧❧❧❧❧❧❧❧❧❧❧❧❧❧❧❧❧❧❧

ACTE QVATRIESME.

SCENE PREMIERE.

ANTHONIN, SYLVIE, AMYNTOR.
ALMENKOR.

ANTHONIN.

CEVX qui loin de la Cour cerchent la solitude,
Et suiuant le repos fuyent la seruitude,
Bornent tous leurs desirs aux soins de leurs maisons,
Et n'obseruent des temps les diuerses saisons,
Que pour l'espoir des bleds, & des biens de la terre ;
Sous vn toict abbaissé euitent le tonnerre :
La pompe des habits ny l'esclat des thresors,
N'attire des Soldats les impies efforts,
Pour venir rauager leur petite famille :
Car qui voudroit rauir vn soc, vne faucille ?
La pauureté les couure & leur sert de ramparts,
Les garantit des coups , des picques & des dards,
Et sous vn toict de chaume, à couuert de l'enuie
Ils passent doucement le cours de ceste vie :
Leurs plaisirs toutesfois ne sont pas accomplis,

Que la saincte Iunon ne les ayt establis
Au ioug perpetuel d'vn lien legitime,
Qui leur donne le choix des voluptez sans crime,
Et leur fait esprouuer le plaisir que les Dieux
Enuient aux mortels dans le Palais des Cieux:
Car rien n'est si parfait ny si exempt de blasme,
Que la saincte amitié de l'homme & de la femme.
L'aage des-ja vous presse de cercher vn espoux
Qui soulage mes ans & prenne soin de vous,
Quand on voit grisonner le chef d'vne pucelle,
On dit quelque defaut s'est rencontré en elle;
Il y a quelque tache en sa race, en son sang:
Car tenant parmy nous vn estimable rang,
Elle auroit rencontré quelque party sortable,
Voylà ce que l'on dit en ce temps miserable.
Pour vous mettre à couuert d'vn si fascheux discours,
Vn Berger des mieux faits brusle de vos amours,
I'allois vous le nommer, mais luy-mesme m'en priue:
Car ie voy que pensif dans ce bois il arriue,
De ma volonté donc ne vous escartez pas:
Berger! où allez-vous? où s'adressent vos pas?

AMYNTOR.

Vers ces affreux rochers, image de ma belle,
Qui rit de la douleur que ie souffre pour elle.

ANTHONIN.

Les discours desormais ne sont plus de saison,
Plustost que le Soleil qui luit sur l'Horison,
Ait permis à la nuict de couurir toutes choses,

Voſtre chef portera la couronne des roſes,
Vos pleurs ſeront d'Amour qu'enfante le plaiſir,
Et rien ne choquera voſtre ieune deſir,
Dites vos ſentimens, ſans plus longue demeure?

                    SYLVIE.

Pluſtoſt que luy parler fais amour que ie meure !

                  ANTHONIN.

Quels mots proferez-vous ainſi bas à l'eſcart?
Vos deſirs ſeroient-ils logez en autre part?
Hauſſez vn peu les yeux, autrement ie vous iure,
Que ie ne pourray pas endurer telle iniure.

                  AMYNTOR.

Berger pour mon ſubjet ne la contraignez pas !
Moins faſcheux que ſon dueil me ſeroit le treſpas.

                    SYLVIE.

Si vous auez ſi cher le ſoucy de me plaire,
Vous deuez voſtre eſprit de cét amour diſtraire.
Me laiſſer en repos, & non pas recercher
Vn cœur aux traits d'amour auſſi dur qu'vn rocher,
Qui meſpriſant les biens mortels de ceſte vie,
Du ſeul amour des Dieux ſent ſon ame rauie:
Car mon oncle c'eſt là, que ie veux recercher
Le repos de l'eſprit qui doit eſtre ſi cher.
Le corps en vn inſtant ſe reduit en pouſſiere,
L'eſprit n'eſt point ſubiet aux loix du cimetiere,
Il briſe ſes liens & glorieux il ſort,
Pour viure auec les Dieux triomphant de la mort.

                          ANTHONIN.

ANTHONIN.

Ie te feray fubir les loix de la patrie.

SYLVIE.

Mon efprit genereux ne craint voftre furie.

ANTHONIN.

Ie vous monftreray bien quel pouuoir i'ay fur vous,
Marchez, voftre lenteur irrite mon courroux.

SYLVIE.

L'ame ne fera pas par vos rigueurs contrainte,

AMYNTOR.

Berger confiderez combien iufte eft fa plainte.

ANTHONIN.

Ne vous reculez pas, il faut, il faut venir,
Ou dans vne prifon miferable finir.

AMYNTOR.

Berger pluftoft que voir mon vnique Geoliere,
D'vne auftere prifon eftre la prifonniere,
Arrachez-moy le cœur, i'ayme mieux la fçauoir,
Cruelle en liberté que dans les fers la voir.

ANTHONIN.

Marchez donc promptement que fert de vous defedre?
Il faut à la prifon, ou à l'amour fe rendre.

SYLVIE.

Secourez-moy bons Dieux, ce cruel fans raifon
Me veut faire perir dedans vne prifon,
Il veut forcer mon cœur, & contraindre mon ame
A ne brufler pour vous d'vne celefte flame.

H

ALMENKOR.

Quel bruit est celuy-cy ? qui dans ces sacrez lieux
Vient troubler ceux qui font le seruice des Dieux?
Retirez-vous Bergers, & portez reuerence
Au Temple du Dieu Pan, d'incroyable puissance,
Qui vous maintient vnis dans l'horreur de ces bois
Fait croistre vos troupeaux, & vous donne des loix,
Qui fait que vos esprits bien contens du village,
Loing des grandes Citez où l'honneur fait naufrage,
Ne taschant qu'à passer auec plaisir le iour,
Libres de tous liens, hors de celuy d'amour :
Mais d'vn amour sans fard, comme il est sans malice,
Et qui des feints souspirs ignore l'artifice,
Non pas comme celuy qui dans la Cour des Rois,
Establit souuerain des tyranniques loix.
Rend les hommes cruels, & les femmes hardies,
Faisant voir tous les iours diuerses tragedies,
Comblant de tant d'horreur le monde vniuersel,
Que ces actes vilains font rougir le Soleil.
Or celuy que ie sers dans le chœur de ce Temple,
A nos peres iadis seruant d'vn bon exemple,
Ayma, mais seulement pour le plaisir d'aymer,
Et voyant sa maistresse en roseau transformer,
En fit des chalumeaux, les anima de sorte,
Que la gloire & le nom de sa maistresse morte
Vit par tout l'Vniuers, & fait voir aux mortels,
Combien son amitié merite des autels :
Car sans perdre l'honneur de la personne aymée,

Il promet qu'à touſiours viura ſa renommée,
Reſpectez donc ces lieux, diſcrets retirez-vous,
Et ſages eſuitez les traits de ſon courroux.

ANTHONIN.

Le ſubjet de ce bruit eſt que ceſte Bergere,
Vnique de ſon ſang dont elle degenere,
Se voüe d'elle-meſme au ſeruice des Dieux.

ALMENKOR.

Les celeſtes qui font les choſes pour le mieux,
Ne veulent receuoir ſans le congé des peres
Le vœu de leurs enfans,

ANTHONIN.

    qu'eſt-ce que tu eſperes ?
Le Iuge de ton ſort a prononcé l'arreſt.

SYLVIE.

A toy ne ſert de rien ce ſeuere decret.

ANTHONIN.

Pourquoy?

SYLVIE.

Ie ne ſuis point ſortie de ta couche.

ALMENKOR.

Oyez la volonté des grands Dieux par ma bouche,
Quand le pere n'eſt plus, & que l'enfant voudroit
Venir dans le Conuent, l'oncle a le meſme droit,
C'eſt la Loy du pays que nul ne peut enfreindre.

AMYNTOR.

Hé pourtant Anthonin ne vueilles la contraindre?

H ij

ANTHONIN.

Non ie la veux ranger à la rigueur des Loix,
Venez serpent.

SYLVIE.

Est-ce ce que tu dois
Aux manes de celuy qui delaissant la vie,
Te dit, prenez le soin de ma chere Syluie,
Aymez-la tendrement, adoucissez son sort,
Ostez de son esprit le regret de ma mort,
Appaisez ses soucis par vostre bien veillance,
As-tu donc mis cruel ces mots en oubliance?
Est ce ainsi que tu veux faire mourir de dueil?
De voir mon geniteur la proye du cercueil,
Tyran, cruel tyran qui me mets en seruage,

ANTHONIN.

Marchez, & delaissez cet indiscret langage.

SCENE II.
AMYNTOR, DORIS.

AMYNTOR.

IE cours dans les dangers trainé de mon malheur,
En me pensant guerir i'augmente ma douleur,
Ainsi que le Nocher qui fuyant le riuage,
Contre vn banc de rocher rencontre le naufrage,
Sa prison ne met pas mon esprit hors des fers,
Ains redouble les maux que i'ay desia soufferts,

Et d'vn tel accident ce deſplaiſir m'arriue,
Que ie ſuis maintenant captif d'vne captiue,
Immortels qui reglez, & les mois & les iours,
Que mon ſort auiourd' huy fait d'eſtranges deſtours,
Puniſſez moy tout ſeul, elle n'eſt pas coulpable,
Qu'eſtant ſeul criminel ie ſois ſeul miſerable,
Accablez-moy de fers, & rompez ces liens,
La rigueur de vos coups de bon cœur ie ſouſtiens,
Ie porteray conſtant toute ſorte d'outrage,
Moyenant qu'elle ſoit exempte de ſeruage :
A genoux, à genoux ie vous crie mercy !
Plongez-moy dans le dueil, appaiſez ſon ſoucy !
Deſliurez ces beaux bras, & me comblez de chaiſnes,
Diminuez ſon mal, & augmentez mes peines,
Priuez-moy de repos, ne la tourmentez pas,
Et pour la deſliurer liurez-moy le treſpas :
Que i'yrois gayement à la fin de ma vie,
Pour rompre tes liens, inhumaine Syluie !
Si tu pouuois ſçauoir, obiet de mes ennuis,
Pour plaindre ton malheur en quel eſtat ie ſuis,
Pour t'aymer conſtamment quelle eſt ma contenance,
Helas ie ſuis ſurpris ! c'eſt Doris qui s'auance,
Qui vient me preſenter l'eſclat de ſa beauté,
Pour me faire rougir de ma legereté :
Mais elle perd ſes pas.

DORIS.
Qu'eſt-ce qui vous tourmente ?
Sans doute les rigueurs d'vne nouuelle amante,

En vous faisant du mal, vous m'en faites aussi,
Amyntor ie sçay bien ce qui vous meine icy,
Syluie vous punit d'vne froideur extreme,
Et ne peut vous aymer à cause qu'elle m'ayme,
Que sert de me celer icy la verité?
Ie lis dans vos regards vostre infidelité,
Respondez Amyntor, purgez-vous de ces crimes?

AMYNTOR.

Pourquoy dessous mes pieds ne s'ouurent les abysmes,
Afin de m'engloutir en ces funestes lieux,
Cachant ce corps coulpable à vos aymables yeux?
Ha Doris! il est vray, mon ame est criminelle,
Vous estes innocente, & ie suis infidele,
Oubliez cét ingrat qui ne merite pas
Le soing que vous prenez d'accompagner ses pas.

DORIS.

Affronteur, sans rougir tu me tiens ce langage,
Et ie ne creue pas de despit & de rage,
Tu me mesprises donc, certes c'est iustement,
Puis que ie t'ay soufferte en qualité d'amant
Et toutesfois cruel par vn sort deplorable,
Ie ne te puis haïr en te trouuant coulpable,
Ie t'ayme, ie l'aduoüe, & ne m'en puis tenir.
Las! de nos feux passez peux-tu t'en souuenir?
Sans regret d'estouffer vne flame si pure,
Causant par cét effect les peines que i'endure,
Ie te prie cruel de conseruer ta foy.
Ha! ceste lascheté est indigne de moy.

AMYNTOR.

Doris ma cruauté merite qu'on la blaſme :
Mais ie ne ſçaurois pas te redonner mon ame.

DORIS.

C'eſt que ton cœur ingrat ſe plaiſt à me faſcher,
Inſenſible plus dur, qu'vn marbre, qu'vn rocher.

AMYNTOR.

Helas ! pour mon malheur i'ay l'ame trop peu dure,
Le mal que tu reſſens eſt celuy que i'endure,
Ie ſouffre pour vn autre, & tu ſouffre pour moy.

DORIS.

Tu ſerois en repos ſi tu gardois ta foy.

AMYNTOR.

Il eſt vray que mon mal me vient d'eſtre infidelle,
Ie n'ay ſceu m'empeſcher d'adorer ceſte belle,
Le temps pourra guerir le mal qu'elle m'a fait
Et apres ie rendray ton deſir ſatisfait.

DORIS.

Ceſt eſpoir n'adoucit l'ennuy qui me tourmente,
Mon mal eſt trop certain, trop vaine eſt ceſte attente.

AMYNTOR.

Doris ce long diſcours ne fait que vous faſcher,
Auſſi bien voſtre dueil ne me ſçauroit toucher,
Ce n'eſt pas toutesfois que ie ne vous honore :
Mais ie ne puis guerir l'ennuy qui vous deuore :
Car vn meſme ſerpent me rauage le ſein,
Vous eſtes bien malade, & ie ne ſuis pas ſain.
Comment vous peut guèrir l'affligé qui ſouſpire ?

Vn mesme desplaisir me retient en martyre,
Blesse d'vn mesme coup vous m'appellez cruel,
Doris souuenez vous que ie ne suis point tel,
Ie ne suis point ingrat, sont les fatalitez
Du fier destin qui rend nos vouloirs limitez,
Prenez-vous en à luy, chargez-le de ce tort,
Adieu, pour vous parler i' ay fait vn grand effort.

DORIS.

Brutal! le desespoir à ce coup me contente,
Ie te feray sentir ce que peut vne amante,
Quand sa flame irritée est changée en fureur,
Que si ta laschetê ne te fait point horreur,
Que tu sois au dessus de la honte & du blasme,
Tu seras au dessous de l'esprit d'vne femme.

SCENE III.

DAPHNIS, DAPHNIDE.

DAPHNIS.

MES plaisirs sôt châgés, & mô bon-heur s'enfuit,
   Ce qui me souloit plaire à ceste heure me nuit,
Ie souspire tout seul, ie resue en compagnie,
Et comme gouuerné par vn autre genie,
L'allegresse me quitte, & le chagrin me prend,
Ie ne possede plus vn cœur indifferend,
La veuë d'vn obiet tient mon ame abatuë,
De mes libres discours la grace en est perduë,

Ie

Ie parle ſans propos, & ne ſçaurois nommer
Ce mal d'vn autre nom que de celuy d'aymer.

DAPHNIDE.

Berger ie vous y prens, treue de raillerie,
Vous eſtes trop auant dans ceſte reſuerie,
Pour n'eſtre pas touché d'vn amoureux ſoucy
Voſtre front palliſſant me le deſcouure auſſi,
Le petit Cupidon quelque embuſche vous trame.

DAPHNIS.

Il eſt vray que ie ſuis deſormais tout de flame.

DAPHNIDE.

Ie m'en fuis donc de vous, craignant de me bruſler.

DAPHNIS.

Daphnide demeurez, où voulez-vous aller,
Vne rare beauté gouuerne ma penſée,
Et de l'oſer aymer ie l'ay trop offenſée.

DAPHNIDE.

Apprenez moy ſon nom.

DAPHNIS.

Amour ſers moy de guide,
On la nomme par tout l'adorable Daphnide,
De qui les doux appas font naiſtre dans ces bois
Mille petits amours,

DAPHNIDE.

ſans mentir ie vous crois,
Et ie ſuis bien contente en ce qu'elle s'appelle
De meſme nom que moy,

I

DAPHNIS.

que vous estes cruelle?

DAPHNIDE.

Pourquoy me donnez-vous vn nom si criminel?

DAPHNIS.

Parce que vous causez mon tourment eternel.

DAPHNIDE.

Ie ne vous entends point.

DAPHNIS.

Dieux c'est ma deffiance,

De perdre mon repos manque d'intelligence.

DAPHNIDE.

Berger obligez-moy, parlez plus clairement,
Ouurez-moy vostre cœur & me dites comment,
Vous n'estes plus à vous, & cognoissant la belle,
Ie luy diray l'amour que vous auez pour elle.

DAPHNIS.

Ce superbe vainqueur, maistre des Immortels,
Dont ie n'auois iamais encensé les autels,
Desireux de me voir reduit sous son empire,
Emprunte de vos yeux vn trait d'or qu'il me tire,
Blesse si bien mon cœur auec vos doux appas,
Que moy qui redoutois autant que le trespas,
Le seruage d'amour, touché d'vne autre enuie,
C'est maintenant le bien le plus cher de ma vie,
Il ne pouuoit choisir, bien qu'il soit priué d'yeux,
Vn bel œil plus charmant sous la voûte des Cieux:
Car qui regardera l'obiet de mon seruage,

Ne m'accusera pas d'vn defaut de courage,
Qui verra vos beautez excusera mes maux,
Aussi bien iz benis l'heure de mes trauaux,
Ie cheris ma deffaite, & tiens pour aduantage,
De pouuoir vous offrir de mon cœur vn hommage,
Si du moins vous daignez auiourdhuy receuoir
Celuy qu'autre que vous n'a iamais sceu auoir,
Le triomphe est plus grand, & l'heur de la victoire
Couronne le guerrier d'vne plus grande gloire
Alors que sa vertu, aux armes à sousmis
Vn qui tousiours auoit vaincu ses ennemis.

DAPHNIDE.

Vrayement c'est vn effect de ma bonne fortune,
Qui me fera sortir de la troupe commune,
Des belles dont l'on void que ces lieux sont ornez,
Et dont les yeux vainqueurs ne semblent estre nez,
Que pour seruir de gloire à ce puissant Monarque,
Qui fait craindre ses traits dans le sein de la Parque,
Aujourd'huy mes appas l'ont beaucoup affermy,
Ayant vaincu Daphnis qui fut son ennemi.

DAPHNIS.

Vos beautez qui n'ont point au monde de pareilles,
En leur moindres attraits sont autant de merueilles,
Il faut estre vn rocher pour ne vous point aymer,
Tant vostre belle humeur sçait doucement charmer.

DAPHNIDE.

Vostre discours me plaist, & ma gloire m'estonne,
Poursuiuez, à la fin on reçoit la couronne,

Vos discours seront creus pourueu qu'à l'aduenir
Vos soins continuels m'en faßent souuenir.

SCENE. IIII.

THYRSIS, DAPHNIS, DAPHNIDE, AMYNTOR.

THYRSIS.

AVX *armes mes amis!*

DAPHNIDE.

ô bons Dieux quelle rage!

DAPHNIS.

Mettons-nous à couuert sous ceſt eſpais fueillage.

THYRSIS.

Soldats que faites-vous? n'oyez-vous pas le bruit
Du camp de l'Empereur qui nous preße & nous suit,
Vous qui ſçauez comment vne querelle iniuſte
Fait armer contre moy la puißance d'Auguſte,
Mes amis au besoin ne m'abandonnez pas;
Vous tous qui meſpriſez la frayeur du treſpas,
Venez auecques moy conducteur des alarmes.
O Dieux! mon camp s'enfuit & iette bas les armes,
Ie m'en vay moy tout seul me ietter dans ce rang,
Et couurir mon harnois de pouſſiere & de sang,
I'arrache leurs drapeaux, ie briſe leurs cornettes,
Par ma seule valeur ces troupes sont defaites,
Sy luie mon amour vainqueur de ces guerriers,

Ie m'en vay te trouuer tout couuert de lauriers.

DAPHNIS.

Vous auez bien eu peur, confeſſez le mon ame,

DAPHNIDE.

Il eſt vray, ie le dis, & n'y crois point de blaſme:
Car c'eſt auoir bon ſens que de craindre les foux.

DAPHNIS.

Si vous n'vſez vers moy vn traitement plus doux,
Ie pourray bien courir vn meſme fortune.

AMYNTOR.

Ie vois que comme moy la crainte t'importune.

DAPHNIS.

Il eſt vray que i'ay peur d'vn meſme traitement.

THYRSIS.

Mon Ange s'il te plaiſt adoucis mon tourment.

AMYNTOR.

Ceſt homme me paroiſt tourmenté de manie.

THYRSIS.

Grands Dieux voulez-vous pas me tenir compagnie?

DAPHNIDE.

Berger où allez-vous?

THYRSIS.

                  elle a les cheueux beaux,
Qui ſont de ma raiſon les aymables cordeaux.

DAPHNIS.

Eſtes-vous retenu dans l'amoureux ſeruage?

THYRSIS.

Sa leure eſt rouge ainſi qu'vne fraize ſauuage.

AMYNTOR.

Cest homme est hors de sens & ie le suis aussi.

THYRSIS.

Beauté mon seul support, mon Ange, mon soucy,
Veux-tu pas regarder ton amant qui desire,
De preferer tes vœux aux sceptres d'vn Empire.

AMYNTOR.

Il me prend pour Bergere, & me parle d'amour.

THYRSIS.

Elle a les yeux plus beaux que la lampe du iour.

DAPHNIS.

Berger vous vous trompez, ce n'est pas vne fille.

THYRSIS.

Elle a l'esprit bien fait & la raison subtille,
Traistres! desistez donc de plus me tourmenter ?
Ie veux de ma valeur le monde espouuenter,
Forcer tant des ramparts, gaigner tant des batailles,
Que la terre defaille à tant de funerailles.

DAPHNIDE.

Daphnis de te Berger le regard me fait peur.

THYRSIS.

Vain objet de pitié qui n'es qu'vne vapeur,
Ombre qui que tu sois retourne dans l'Auerne
Si tost que i'auray fait deux ou trois fois vn cerne.

AMYNTOR.

Elle n'est plus icy,

THYRSIS.

ses yeux sont des Soleils,

Qui dans le cours des ans n'ont point eu de pareils.

DAPHNIS.

Mais dites nous son nom!

THYRSIS.

elle a plus de puissance,
Que celuy qui le foudre à son gré nous elance,
Ie l'ayme sans mentir.

DAPHNIS.

helas quelle pitié!
Il a perdu le sens d'vn exceds d'amitié.

DAPHNIDE.

Vous ne courrez iamais de pareille fortune.

THYRSIS.

Quoy? tu t'en veux mesler, rauasseur de Neptune,
Ie viendray bien à bout des coups de ton trident,
Ha coquin! tu t'en vais retirer en grondant.

AMYNTOR.

Il le faut destourner de ceste resuerie,
Neptune deuant vous a sa force perie,
Berger parlez à nous?

THYRSIS.

elle auoit le nez beau,
Le visage vermeil & bien fait le cerueau,
Infames cajoleurs! quittez moy ceste place,
Quoy donc? de me parler vous auez bien l'audace?
Deslogez promptement,

DAPHNIDE.

ostons-nous de ces lieux,

De temps en temps il vient beaucoup plus furieux.

THYRSIS.

Seule gloire du Ciel, & merueille du monde!
Ie veux pour te seruir courre la terre & l'onde,
Gaigner tant de combats, & faire tant d'exploicts,
Que sous toy se verront esclaues tant de Roys,
Que les plus reculez de l'vn & l'autre pole,
Trembleront à ta voix, & craindront ta parole;
Ie m'en vay de ce pas tant de combats finir,
Que Mars ne sçauroit plus ma dextre soustenir.

ACTE CINQVIESME.

SCENE PREMIERE.

DIOMEDE, SERES, THYRSIS.

DIOMEDE.

DE mon fils bien aymé le dur esloignement
Fait couler à mon goust le iour trop lentement,
Ie n'ay point de repos en mes dernieres peines,
Vn feu lent peu à peu va desseichant mes veines,
Consolè seulement de l'espoir du trespas,
Ie traine languissant sur la terre mes pas,
Les suaues odeurs des fleurs de nos prairies,
Me puent maintenant autant que les voiries.

Tout

Tout deſplaiſt à mes yeux, vn chagrin furieux
Me fait voir à regret la lumiere des cieux,
Que d'inegalité noſtre amé eſt agitée!
Nous ſommes tous pareils à l'humeur de Prothée,
Nous auons tous l'eſprit muable & incertain,
Ce qui plaiſt aujourd'huy nous déplaira demain:
Meſmes en choiſiſſant nous ne pouuons eſlire
Vn bien dont le regret ne nous faſſe deſdire.
Dans les palais dorez, & parmy les threſors,
L'enuie & le deſpit font iouër leurs reſſorts.
L'homme qui s'eſtablit au milieu des delices,
Il n'eſuite pourtant le remord de ſes vices,
Le plaiſir qui l'affole auecque tant d'ardeur,
En ſon plus doux accez luy degouſte le cœur,
Vn ſubit repentir fait degouſter ſon ame;
Lors que la volupté plus doucement l'enflame,
Il ſe change d'abord, & n'a pas le loiſir
D'acheuer en repos l'ayſe d'vn ſeul plaiſir,
Il a beau ſe flatter auec de l'artifice,
C'eſt dreſſer vn Autel, c'eſt faire vn ſacrifice,
Vne fieure d'vn iour auec bien peu d'effort,
Peindra deſſus ſon teint l'image de la mort,
Si pour ſe retirer de l'embarras des villes,
Il s'en va frequenter les campagnes fertilles,
Et viure doucement au ſilence des bois,
Sans nul ſoing des grandeurs, ny des Palais des Rois,
Enfin ſe degouſtant d'vne ſi douce vie,
Vn vain deſir d'honneur eſmouura ſon enuie:

K

Comme moy malheureux, digne que Iupiter
Fasse dessus mon chef le tonnerre esclatter,
Helas! ce repentir assassine mon ame.

SERES.

Voicy de nos douleurs le souuerain Dittame,
Les maux dont on ne peut esuiter la rigueur,
Il faut à les souffrir monstrer nostre vigueur,
Gourmander la fortune, & roidir la constance,
Plus nous sentons en nous de faillir l'esperance,
S'opposer au malheur, & d'vn cœur genereux
Ne s'abaisseriamais à luy rendre des vœux:
Car ces foibles soucis nous desrobent l'vsage
Des plaisirs iournaliers sans aucun aduantage;
Quel profit tirons-nous de nos tristes regrets?
Autant que de semer du sel dans nos guerets,
Autant qu'vn furieux sur les bords du riuage,
Qui menace la mer & deffie l'orage;
Ou qui d'vn seul regard presume d'arrester
Le tonnerre partant des mains de Iupiter.
Puis donc que nos regrets sont dignes de risée,
Que dans l'autre sentier nostre route est aysée,
R'assemble tes esprits, & d'vn courage fort,
Monstre que ta raison sçait mespriser le sort,
Considere vn grand Pin battu de la tempeste,
Qui ployant pour vn temps, releue apres la teste;
Ne t'excuse iamais d'vn vice general,
Reprens de ton bon sens en main le gouuernail,
Et vois comme ta femme en ce depart peureuse,

Se monſtre à les ſouffrir plus que toy vigoureuſe,
Que la honte remette en ton cœur abbatu,
Quelques reſſentimens des loix de la vertu.

DIOMEDE.

Tes raiſons m'ont touché auec tant d'efficace,
Que ie me ris du mal dont le Ciel me menace,
Ie me mocque du ſort, ie veux mieux eſperer,
Sa rigueur ne peut plus me faire ſouſpirer,
Et tout ce que i'ay dit, & ie dis à ceſte heure,
Preuue tant ſeulement l'effect de la nature,
Plus changeant que les flots, & qui n'a point d'arreſt:
Mais quoy! c'eſt du deſtin l'immuable decret,
Nous ne pouuons regler ceſte forte influance,
Qui le bien & le mal à ſon gré nous auance,
Les Aſtres dominans ſur tout le genre humain,
Nous conduiſent aux maux ainſi que par la main.

SERES.

Leur puiſſance depend de la bonté diuine,
La leur n'eſt qu'inſtrument, l'autre en eſt l'origine,
Remets doncques aux Dieux le ſoing de tes malheurs,
Et te fiant en eux, mets fin à tant de pleurs.

DIOMEDE.

Ton conſeil le meilleur, que l'homme ſçauroit prendre,
Sans contrainte me fait à tes vœux condeſcendre,
Allons dedans le Temple entenſer les Autels,
Et de nous ſecourir prier les Immortels,
La pitié de nos maux, l'effuſion de nos larmes,
Du courroux de nos Dieux peut arracher les armes.

K ij

THYRSIS.

Courage compagnons ils sont trestous defaits,
Vaines ombres des morts ! fantastiques portraits,
Pourquoy deuant mes yeux apparoist vostre image?
Vieux Demons tous formez & d'ombre & de nuage.
Quoy vous tremblez de peur? & n'osez approcher,
Ie suis ce grand Heros qui vous fit tresbucher
Dans le pasle sejour des Infernales plaines,
Où vous deuez payer le tribut de mes peines,
Retournez aux Enfers merueilleuse beauté !
Que tu viens à propos presenter ta clarté,
Mon Ange, mon soucy, ha ! ne fuy pas de grace,
Ou ie suiuray tes pas tousiours de place en place.

DIOMEDE.

Helas chere moitié ! que ie suis esperdu,
L'image de Thyrsis en ce fol m'est rendu,
Il a les mesmes traits, il a la mesme taille,

SERES.

Vostre esprit que la peur incessamment trauaille,
Croit voir ce qui n'est pas, suiuons nostre chemin,
Les Dieux à nos malheurs donront meilleure fin.

DIOMEDE.

Ie le croy mon soucy, ils sont trop debonnaires
Pour nous vouloir plonger en des telles miseres.

SCENE II.

DAPHNIS, AMYNTOR, DAPHNIDE.

DAPHNIS.

QV'VN moment dans l'amour me fait ſouffrir
  de peine!
Mille ialoux ſoupçons glacent toutes mes veines,
Ils me font tant ſouffrir des trauaux deſormais,
Que ie tiens bien-heureux ceux qui n'ayment iamais,
Leſquels ſe ſeparans de l'humeur du vulgaire,
Mettent tout leur ſoucy ſeulement à ſe plaire,
Ne captiuent leur ſens que de leur volonté,
Qui ne ſçauent que c'eſt d'aymer vne beauté,
Qui ſe laiſſent aller où le plaiſir les guide,
Ainſi que ie faiſois ſans la belle Daphnide;
Que ie plains ce doux têps, ha beaux yeux inhumains!
La chere liberté me rauiſſant des mains.
Volleurs de mon repos! aſſaſſins de mon ame!
Helas! dequoy vous ſert de me remplir de flame?
Et de garder vn feu ſi froid à tant des feux.
Amour! ha s'il te plaiſt n'eſconduis point mes vœux,
Fay que ceſte beauté de mes ardeurs ſouſpire,
Où ne me retiens plus ſous ton cruel empire:
Belle mon cher ſoucy par les pleurs que i'eſpands,
Dits que de me hayr, ores tu te repens.

AMYNTOR.

Troublé d'entendement, transporté de manie,
Desormais la raison son secours me desnie,
Mon ame ne sçait plus à quel Dieu se voüer,
L'amant plus malheureux ie me dois aduoüer :
Plus i'inuoque le Ciel, moins ie sens d'allegeance,
Helas ! où estes-vous fauorable inconstance ?
Reuenez-moy trouuer !

DAPHNIDE.

        Elle s'enfuit de toy,
Comme l'indifference a fuy loing de moy.

AMYNTOR.

Et par ceste raison que me penses-tu dire ?
Ie ne m'esiouïs pas quand vn autre souspire,
Ce vulgaire secret de voir des malheureux,
En leur comparaison ne me fait dire heureux.

DAPHNIS.

De mesler ses souspirs aux souspirs des complices,
Il me semble plus doux que parmy les delices
De ceux qui n'ont le cœur d'aucun regret atteint,
Faire voir son ennuy sur son visage peint.

AMYNTOR.

Vois-tu, quand tu aurois l'ame plus tourmentée,
Que n'a dans les Enfers le larron Promethée,
Que ton gemissement esgalleroit le sien,
Ton malheur pour cela ne changeroit le mien.

DAPHNIS.

Il est vray que ton mal ne peut guerir tes peines,

Or donc! pour voir briser & mes fers & tes chaisnes,
Attaquons hardiment cét importun Archer,
Prends toy ses aislerons, moy son cœur de rocher,
Ainsi tu gagneras ton humeur inconstante,
Et ie retrouueray la mienne indifferente.

AMYNTOR.

Ce conseil seroit bon qui pourroit en vser.

DAPHNIS.

Certes en ce dessein c'est bien nous abuser,
Il vaut mieux nos douleurs supporter sans murmure,
Et souffrir sans parler vne peine si dure,
Ie suis tout resolu de ne m'en plaindre pas,
Deus-ie pour le celer encourir le trespas.

AMYNTOR.

C'est exercer sur soy par trop de violence,
Que parmy les douleurs exercer le silence,
Vous aurez bien du mal à suiure ce dessein:
Mais le cruel amour qui rauage mon sein,
Et qui de mille morts espouuente ma vie,
A mon propre malheur esmouuant mon enuie,
Me presse de cercher vn antre reculé,
Où nul homme mortel ne soit iamais allé,
Où les ours, les sangliers y fassent leur repaire,
Où iamais le Soleil qu'auec despit n'esclaire,
Là consumant le cours malheureux de mes ans,
Dans vn Hyuer d'ennuis acheuer mon Printemps,
Triste plus desolé qu'on ne sçauroit se rendre,
Iamais à ma douleur la plainte ne deffendre,

Gemir inceſſamment & la nuit & le iour,
Miſerable martyr des flames de l'amour.
Voylà, mon cher Daphnis, le train que ie veux ſuiure,
Auſſi las de ſouffrir que ie ſuis las de viure.

DAPHNIS.

Souffrant vn meſme mal dedans mon ſouuenir,
Ie veax que tes vertus reſtent à l'aduenir,
Reciter ta fortune, & conter ton hiſtoire,
Aux ſiecles qui ſuiuront, bien difficile à croire.

AMYNTOR.

Adieu Berger! le Ciel aydant à tes deſirs,
Te faſſe triompher dans vn Char de plaiſirs.

SCENE III.

DAPHNIS, DAPHNIDE.

DAPHNIS.

HELAS! il s'en faut peu que ie n'ë ſois de meſme,
Aymãt vne beauté bien plus que ie ne m'ayme,
Souſpirant pour Daphnide, & ne pouuant ſouffrir
Qu'vn tiers vienne ſes vœux à ſes autels offrir,
Depuis le peu de temps que ie ſuis en ſeruage,
Mille ialoux ſoupçons eſtonnent mon courage.

DAPHNIDE.

Il me faut à ce coup eſcouter ce Berger.

DAPHNIS.

Nul remede ne peut ma douleur alleger,

Loing

Loing d'elle les ennuis obscurcissent ma face,
Pres d'elle ie deuiens, & de flame & de glace,
Agité des pensées, ie n'ay point de repos,
Riant hors de subjet, & parlant sans propos,
Dieux ! tout ce que ie voy blesse ma fantaisie.

DAPHNIDE.

D'vn moment amoureux, & d'vn moment ialoux,
Ie ne puis m'empescher de me mocquer de vous.

DAPHNIS.

Hà ! ne le faites pas, d'vne peine infinie
Les soupçons ont desia mon ame trop punie.

DAPHNIDE.

Vos discours ne sçauroient nullement me toucher.

DAPHNIS.

Du moins escoutez-moy !

DAPHNIDE.

     vous preschez vn rocher.

DAPHNIS.

Sans amour ie n'aurois ce martel dans la teste.

DAPHNIDE.

Sans amour ie pourrois gouster vostre requeste.

DAPHNIS.

Sans amour ie n'aurois ce serpent dans le sein.

DAPHNIDE.

Sans amour ie n'aurois cogneu vostre dessein.

DAPHNIS.

Sans amour vous n'auriez le plaisir de mes plaintes.

L

DAPHNIDE.

Sans amour ie n'eus sceu me garder de vos feintes.

DAPHNIS.

Sans amour vous n'auriez tant de pouuoir sur moy.

DAPHNIDE.

Sans amour vos discours obligeroient ma foy.

DAPHNIS.

Sans amour vous n'auriez sur mes sens la victoire.

DAPHNIDE.

Sans amour vous pourriez m'obliger à vous croire.

DAPHNIS.

Sans amour ie tiendrois encor ma liberté.

DAPHNIDE.

Et sans amour ie puis garder ma volonté.

DAPHNIS.

Par amour ne m'vsez de tant de tyrannie.

DAPHNIDE.

Par amour, s'il vous plaist, quittez ceste manie.

DAPHNIS.

Par amour vsez moy d'vn traitement plus doux.

DAPHNIDE.

Par amour, s'il vous plaist, ne soyez plus ialoux.

DAPHNIS.

Par amour à mes feux fondez vn peu vos glaces.

DAPHNIDE.

Et par amour taschez d'auoir mes bonnes graces.

DAPHNIS.

Ie le feray beauté plus belle que le iour.

De Thyrsis.

Ie m'en vay vous seruir auecques tant d'amour,
Que quand vos cruautez auroient iuré ma perte,
Vostre pitié seroit à mon secours offerte,
Et vous ne pourriez pas vous empescher d'aymer
Vn cœur que vos beaux yeux ont seuls peu allumer.

SCENE IIII.

AMYNTOR, DORIS, PHILANDRE.

AMYNTOR.

FVRIE de l'Enfer, effroyable Megere,
La peine des damnez est beaucoup plus legere,
Que celle que ie sens? quoy, n'est-ce pas assez?
Amour : pour me punir de mes sermens faussez,
Que mes moutons espars roulent à l'aduanture,
Paissans où les conduit l'instinct de la nature,
Et comme si i'estois perclus de la raison,
Ie laisse sans conduite, & troupeaux & maison,
Et viuant comme vn ours en ce bois solitaire,
Ie ne prens du plaisir sinon à me desplaire.
Veux-tu passer plus outre en ton inimitié,
Trouues tu mon estat indigne de pitié,
Acheue si tu veux, arrache-moy la vie,
Au malheur où ie suis c'est ma plus douce enuie,
Fay de mon estomach la butte de tes coups,
Ou me donne en pasture à la rage des loups,
Rien ne peut m'arriuer de meilleur à ceste heure

L iiij

DORIS.

Escoute mes regrets parauant que ie meure,
Tourne tes yeux & voy d'vn despit inhumain,
Mon estomach percé auec ma propre main,
Mon sang coule par tout d'vne profonde playe,
Qui te monstre cruel que mon amour fut vraye,
Pour te laisser tout seul contenter ton amour,
Ie quitte sans regret la lumiere du iour.
Helas! pour me payer d'vne amitié si forte,
Permets que ie te baise auant que ie sois morte,
Que i'embrasse ton col pour la derniere fois,
Et que d'vn cher baiser tu m'arreste la voix.

AMYNTOR.

Doris ie me desplais en vn si triste office.

DORIS.

Et moy ie prens plaisir à ce doux sacrifice!

AMYNTOR.

Ha! ie suis mort Doris, conserue ton courroux,
Tu ne me fis iamais vn traitement si doux.

DORIS.

Va croistre des damnez les innombrables nombres,
Et de tes vanitez entretenir les ombres :
Te voyant aux abois en ce dernier moment,
Ie ne lascheray pas vn souspir seulement.

PHILANDRE.

Quel estrange accident, quel murmure de plaintes,
Vient troubler le repos de ces demeures sainctes!
Vn corps tout estendu mourant tout fraischement,

Dont encor la chaleur marque le ſentiment,
Fauorable Demons : portez dans ma demeure
Ceſt aymable Berger, ie ne veux pas qu'il meure.

SCENE V.

THYRSIS, PHILANDRE, SYLVIE.

THYRSIS.

AV ſecours mes amis ! vne troupe legere
Des gendarmes s'en vient enleuer ma Bergere,
Eſcoutez donc ces cris : & comme de ſa voix
Elle force à gemir les rochers & les bois,
Ennemis de mon bien à genoux ie vous prie
Quoy vous me reffuſez ? il faut que ma furie
Eſclatte promptement ſur vos chefs criminels,
Et vous faſſe ſouffrir des tourmens eternels.
Receuez donc ces coups animez de ma rage :
Vous recalez politrons : où eſt voſtre courage ?
Ie pourſuiuray vos pas iuſques dans les Enfers :
Mais quoy ? tant de trauaux que i'ay deſia ſoufferts,
Ont abbatu mon corps d'vne ſuitte de peines,
Allons nous donc aſſeoir aupres de ces fontaines :
Que ie prends du plaiſir au murmure de l'eau !
Ie me vois là dedans, & ie m'y trouue beau,
Helas la ſoif me preſſe, & me force de boire,
A ce coup de nos maux emportons la victoire,
Beuuons puis qu'il le faut : d'où eſt-ce que ie viens ?

Ie ressemble vn captif eschappé des liens,
Et qui ne peut sçauoir quelle douce aduanture,
Libre luy rend du iour la clarté toute pure,
Est-ce un enchantement, que l'estat où ie suis ?
Ou sors-ie de l'Erebe, aux effroyable nuits ?
Comment ? en ces forests ie me reuois encore,
Où i'ay cessé de voir la belle que i'adore,
Ie pensois auoir veu depuis où le Soleil,
Se couche chez Thetis, iusques à son resueil.
Et ie suis en ces lieux sans souuenance aucune
D'auoir veu renuerser l'estat de ma fortune,
Sans armes, sans habits, ainsi qu'vn malheureux,
Qui gemit sous le faix du sort iniurieux.
Dieux ! que mon accident est difficile à croire,
De tous mes maux passez i'ay perdu la memoire.
Et dans le triste estat où ie me vois reduit,
Le bon sens me contraint, & la raison me nuict,
Que dois-je deuenir ? retourner voir mon Ange,
Où amour doucement à son vouloir me range.
Hé Dieux ! quelle fumee, & de souffre & de poix,
Vient comme des esclairs dans l'horreur de ce bois,
Ie ne m'en puis fuir, tant mon ame esperduë,
S'est troublée à l'aspect d'vne chose impreueuë.

PHILANDRE.

Quitte l'estonnement, approche toy Berger,
C'est moy, c'est moy qui puis tes tourmens alleger,
C'est moy qui t'ay sorty de l'euident naufrage,
Où ton pere vieillard destinoit ton courage,

Entrons dans mon logis, viens prendre ton harnois,
Où mon bon-heur s'esgalle à la grandeur des Rois,
Où Monarque puissant par l'effort de mes charmes,
Ie fais plus qu'ils ne font par le bruit de leurs armes.

SCENE VI.

SYLVIE.

PRIVEE de pouvoir me donner du secours,
Sinon par l'entretien de mes tristes amours,
Où tousiours mon Thyrsis revient en ma pensee,
Ayant l'ame d'amour profondement blessee,
Ie prononce ces mots en accusant les Cieux
D'estre contre vn dessein si sainct, si rigoureux,
Nos innocens desirs dans de pareilles flames
Consumaient nos deux cœurs, & vnissoient nos ames
Nous estions enchaisnez dans vn mesme lien,
I'estois tout son espoir, il estoit tout le mien,
Maintenant separez de corps, non de pensee,
Brutaux que croit gagner vostre rage insensee?
Vous retenez mon corps, & non pas mon esprit,
Qui suit le beau subiet pour lequel il s'esprit;
Pensez-vous me forcer à changer de langage?
Plustost mes foibles mains prëdroiët vn ours sauuage,
Plustost cest Vniuers rentreroit au cahos,
Que mon cœur se portast à changer de propos,
Vous me faites plaisir me tenant prisonniere,

Car de ma liberté me trouuant la geoliere,
Seule ie pense à moy, & n'ois plus les discours,
Qui puissent offenser le Roy de mes amours.
Du plaisir que ie prends vostre ame en est punie,
Ie nomme ma prison vne gloire infinie,
Vous ne verrez dõc plus mes yeux couuerts de pleurs,
Vn genereux dessein finira mes douleurs,
Deuant que le Soleil se couche au sein de l'onde,
Si Thyrsis ne reuient ie veux quitter le monde,
Il faut par le cordeau, le poison ou le fer,
Mes ennuis ou ma vie, en vn coup estouffer.
Aller trouuer Thyrsis és plaines Elisées,
Où nos ames seront les plus fauorisées,
Ayant le mieux vescu, coulpables seulement,
De l'honneste desir d'vn amour vehement.
Helas ! c'est estre bien innocemment coulpables,
Qu'estre tyrannisez pour deux feux si loüables.
Mon Thyrsis où es-tu ? que ne puis-ie te voir ?
Et d'vn soin amoureux te rendre le deuoir.
Certes ie fus bien lasche & la peur naturelle,
Me rendit te quittant coulpable & criminelle :
Car ie deuois mourir plustost que de laisser
Le Berger qui m'a sceu si doucement blesser,
Sa veuë eust adoucy mes langoureuses peines,
Arrestons nos regrets, mon oncle se pourmeine

SCENE

SCENE VII.

DAPHNIDE, DORIS, AMYNTOR, THYRSIS, DIOMEDE, ANTHONIN.

DAPHNIDE.

DAPHNIS qui me pourſuit, m'eſprouuera touſiours
Plus ferme qu'vn rocher à ſes feintes amours.

DORIS.

Vous ferez-bien ma ſœur, dãs le ſiecle où nous ſommes,
La verité n'eſt plus dans la bouche des hommes,
Leur gloire eſt de tromper nos eſprits innocens.

DAPHNIDE.

De leurs ſubtils appas ie garderay mes ſens.

DORIS.

Mettons-nous à couuert, i'apperçoy ce perfide,
Qui ſert à vn heros de conduite & de guide.

AMYNTOR.

A la fin nous voicy bien pres de nos hameaux,
Thyrſis ne vois-tu pas à l'ombre des ormeaux,
Deux filles qui de nous eſuitent le rencontre.

DORIS.

Ie te prie ma ſœur ſauuons-nous de ce monſtre.

M

DAPHNIDE.

Comment? c'est Amyntor.

AMYNTOR.

Bergere arreſtez-vous;
Ie viens voſtre pardon implorer à genoux.

DORIS.

Perfide tu iouys encor de la lumiere?

AMYNTOR.

Par le ſecours d'vn Dieu fauorable meurtriere,
I'ay recouuert la vie auec la liberté
De n'aymer rien que vous,

DORIS.

ô la deſloyauté!

THYRSIS.

Bergere deformais que la pitié vous touche,
La pure verité loge dedans ſa bouche,
Dans vn moment d'icy vous le pourrez ſçauoir.

DORIS.

Quand cela ſeroit vray ie ne le veux plus voir.

AMYNTOR.

Trois mots vous montreront quelle-eſt mon innocence.

DAPHNIDE.

Ma ſœur vous ne deuez luy refuſer audience.

THYRSIS.

Tirons-nous à l'eſcart, i'apperçois deux Bergers.

DIOMEDE.

Que mon fils va paſſer de perilleux dangers,
Tant ſeulement vn iour qu'a duré ſon abſence;

Mes regrets ſont ſortis auec tant d'abondance,
Que faiſant reſonner aux accens de ma voix,
L'ame de ces rochers, i'eſtonne tous ces bois,
Et les piteux accents qui ſortent de ma bouche,
Me laiſſent ſans mouuoir de meſme qu'vne ſouche,
Amy par tes conſeils appaiſe mes douleurs.

ANTHONIN.

Les eſpines touſiours accompagnent les fleurs,
Voulant que nos enfans acquierent de la gloire,
Pour ſignaler nos noms au cahier de l'hiſtoire,
Et les voir pres de nous, il ne faut l'eſperer,
Il ſuffit que les Dieux les faſſent proſperer.

DIOMEDE.

Ie gouſte ta raiſon,

AMYNTOR.

l'heure eſt fort opportune,
Il nous faut eſprouuer quelle eſt noſtre fortune.
Berger! recognoiſſez ceſt aymable Paſteur,
C'eſt voſtre cher Thyrſis,

DIOMEDE.

ſouuerain protecteur!
Qu'à tes ſacrez autels ie dois rendre d'offrandes,
Dy moy donc mon eſpoir, qu'eſt-ce que tu demandes?

THYRSIS.

Amyntor vous dira ce qu'il me faut auoir.

AMYNTOR.

Anthonin, à vous ſeul eſt donné le pouuoir
De nous rendre contens,

ANTHONIN.

          Ie la voudrois bien faire:
Mais ie ne comprens pas cest estrange mystere.

AMYNTOR.

Syluie seulement peut guerir nos esprits,
La belle qui pour moy n'a eu que de mespris,
Brusle pour ce Berger; & son ame sans feinte
Prend tous ses interests, & souspire sa plainte,
S'il vous plaist la donner à son braue vainqueur,
Vous luy rendrez la vie, & me rendrez le cœur.

ANTHONIN.

Me semble que ie songe entendant ce langage,
Si tu ne la veux pas, son amour ne m'engage,
Au contraire ie veux combattre son espoir,
Et la tenir tousiours dans la loy du deuoir.

THYRSIS.

Nos esprits sont conioints d'vne amour mutuelle,
Elle souffre pour moy, & ie souffre pour elle,
Mon pere, s'il vous plaist, demandez là pour moy:

DIOMEDE.

Anthonin! puis qu'il vit captif dessous sa loy,
Prenez-le pour espoux de la belle Syluie.

ANTHONIN.

Ce n'est pas mon dessein, ce n'est pas mon enuie,
Ie ne le feray pas quand tout deuroit perir.

AMYNTOR.

Philandre: où estes vous: venez nous secourir:

SCENE VIII.

PHILANDRE, DAPHNIS, ANTONIN,
DIOMEDE, SYLVIE, THYRSIS,
AMYNTOR, DORIS, ALACRIN.

PHILANDRE.

BERGERS eſcoutez moy, reuerez mes paroles :
Qui fôt taire les vents, & trébler les deux Poles,
La terre ſous mes pas s'eſtonne quand ie veux,
L'Enfer ne recognoiſt de maiſtre que mes vœux,
Pouuant faire du mal ie ne veux l'entreprendre,
Comme par mes effects vous le pourrez comprendre.
Toy vieillard qui laſſé du ſilence des bois,
Deſtinois ton enfant à la ſuitte des Roys,
I'ay rompu ton deſſein barbare & tyrannique,
Par l'effort ſans pareil, de mon ſçauoir magicque,
Il a perdu le ſens, comme tu l'eus perdu,
Si dans le meſme iour ie ne te l'eus rendu.
Toy Berger qui retiens Syluie priſonniere,
Va promptement querir ceſte douce meurtriere,
Doris approche toy, bien que tantoſt ta main
Ayt pouſſé dans ce corps vn poigñard inhumain,
Guerie par mon ſort de ceſte ialouſie,
Maintenant ton amour maudit ta freneſie,
Tu demandes pardon, ie le vois dans tes yeux :

Mais voicy la beauté qui captiue les Dieux ;
Voylà le beau Thyrsis, saoulez-en vostre veuë ?

DAPHNIS.

Seray-je donc le seul à benir ta venuë ?

PHILANDRE.

Ie sçay ce qu'il te faut, Daphnide approchez-vous,
Aymez bien ce Berger qui souspire pour vous,
Viuez trestous heureux, sans que iamais l'enuie
De voir la Cour des Roys tourmenté vostre vie,
Que ces lieux innocens bornent tous vos desirs,
Et que de vous aymer ce soit tous vos plaisirs.

SYLVIE.

Mon oncle ! pardonnez mes ardeurs effrentées :
Thyrsis auoit tout seul mes amours meritées.

ANTHONIN.

Mes enfans oubliez ceste seuerité,
Et en deux cœurs n'ayez plus qu'vne volupté.

DIOMEDE.

Ma fille approchez-vous il faut que ie vous baise,
Tout caduc que ie suis vous me rauissez d'ayse :
Thyrsis si i'eusse sceu ton amour si bien mis,
De seruir ces beautez ie te l'eusse permis.

SYLVIE.

Mon Berger sans mentir, ceste seule iournée,
Ma presque autant duré qu'eust peu faire vne année.

THYRSIS.

L'ayse qui me rauit m'empesche le discours,
Allons prier les Dieux de benir nos amours.

AMYNTOR.

Maintenant vous pourrez ayſement recognoiſtre,
Qu'amour de mes deſirs s'eſtant rendu le maiſtre,
Non pas par mon deſſein, mais par la volonté,
Qu'on ne peut eſuiter d'vne diuinité.
Vous deuez à mes vœux vous rendre fauorable,
Et dans le nœud d'Hymen demeurer immuable.

DORIS.

Mon Berger, mon eſpoux, mon ame, mon amour,
Ie iure par le Dieu qui nous donne le iour,
Que ie n'ayme que toy, que tu es ma penſée.
Oublie pour iamais ma fureur inſenſée.

AMYNTOR.

Ie te iure mon cœur qu'il ne m'en ſouuient pas,
Et que ie t'aymeray meſme apres le treſpas.

DAPHNIS.

Vous ne ſerez donc plus à mes vœux inhumaine,
Le flambeau nuptial eſtrenera ma peine.

DAPHNIDE.

Mes baiſers te feront cognoiſtre aſſeurement,
Que ma froideur n'eſtoit que feinte ſeulement;
Allons mon cher amour, ia la nuict de ſes voilles,
En couurant les mortels deſcouure les eſtoilles,
Outre que les vieillards d'vn mouuement eſgal,
Ainſi que tu peux voir, ont commencé le bal.

ALACRIN.

N'eſtant pas du feſtin ie ſeray de la dance;
Mais tout s'enfuit d'horreur ſurprins de ma preſéce,

Ce rencontre grands Dieux! m'irrite contre vous,
Qui nous fistes du poil ressembler à des loups,
Car pour le chef cornu, dans le siecle où nous sommes,
Nous ne differons pas du demeurant des hommes;
Maintenant ces Bergers dans vn excez d'amour,
Craignent en leurs plaisirs l'arriuée du iour,
Et malheureux ie crains d'entendre l'escarmouche,
Des baisers qui se font resonner sur la bouche.
Busquons fortune ailleurs? & cerchons autre part,
Vne qui de son lict la moitié nous depart.

F I N.

70805. **Aventures de Thyrsis** (Les), tragi-comédie pastorale (en vers), Rouen, J. Cailloué, 1639, pet. in-8, dos de mar. bl. du Lev., à nerfs. (Rare). q 300

Bel exemplaire ABSOLUMENT NON ROGNÉ.

demi-rel. mar. bl., tête bl., n. r.

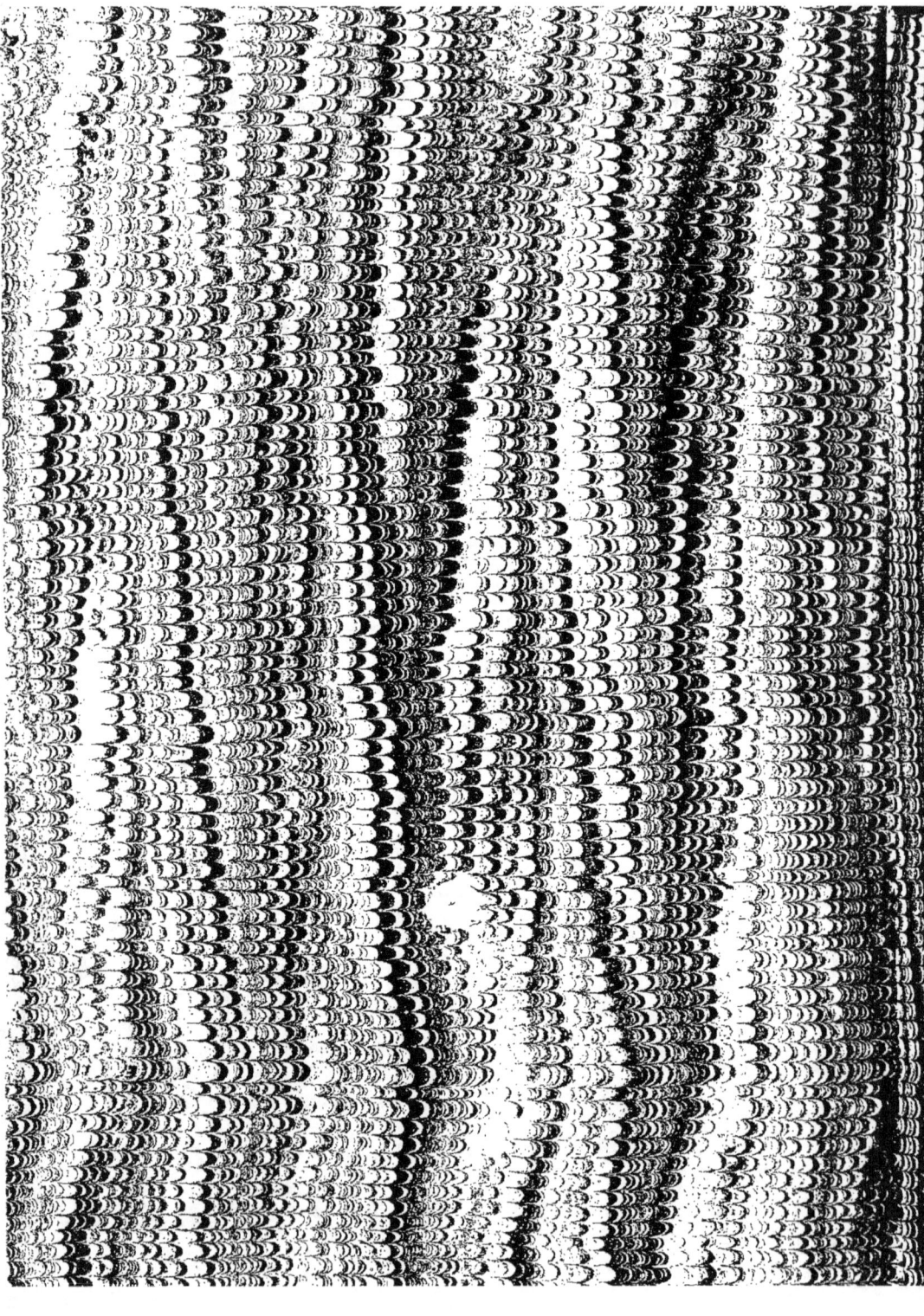